JN054210
S級学園の自称「普通」、
可愛すぎる彼女たちに
グイグイ来られて
バレバレです。2

わたぎ　ましろ
綿木ましろ
和真が仮入部した
美術部の先輩。
絵の天才。

Isami Senou

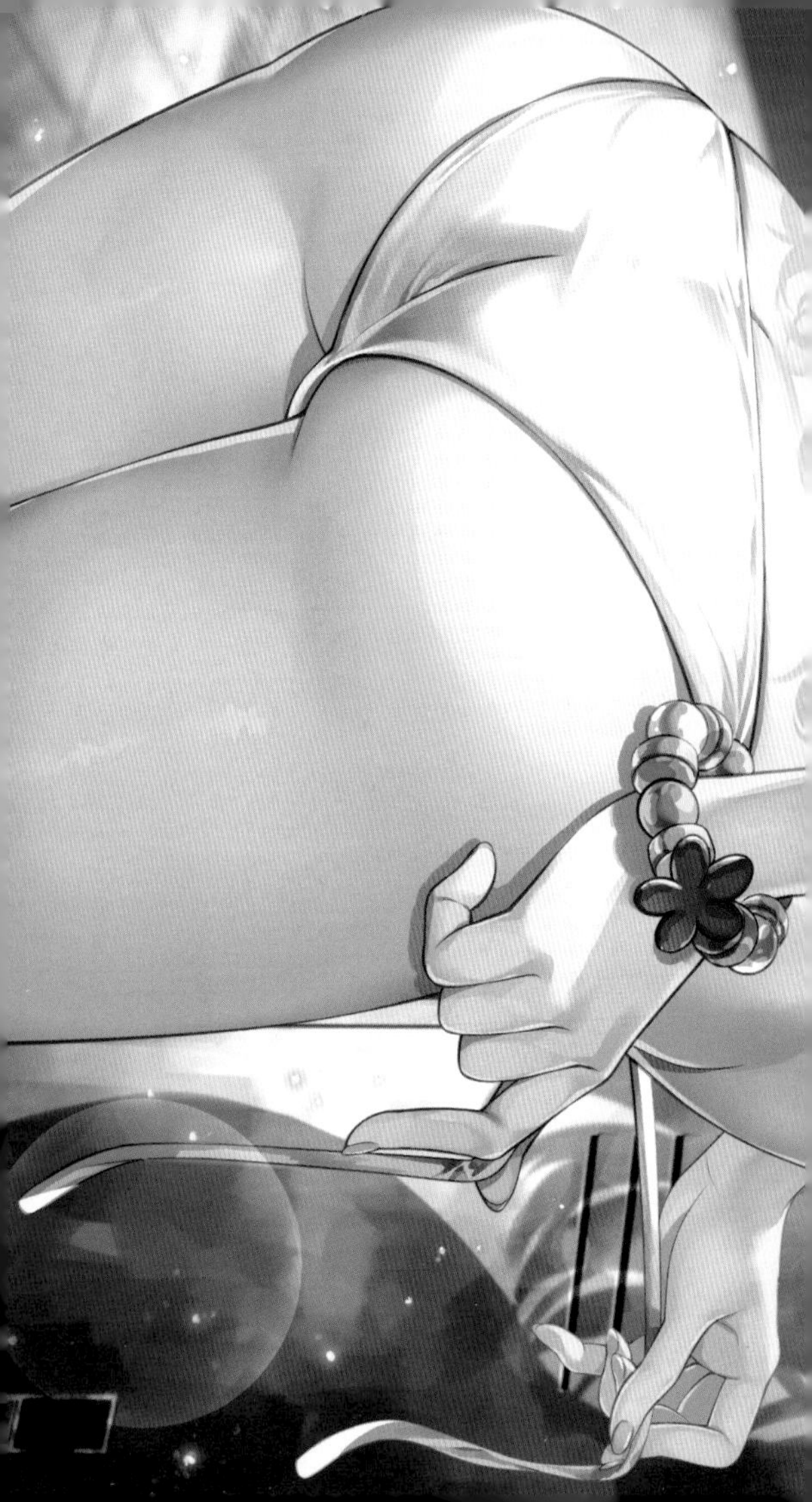

Ayasa Hiiragi

CHARACTERS
S kyu gakuen no jisho "Futsu", kawaisugiru kanojyo tachi ni Guigui korarete Barebare desu.
ももはら　ちとせ
桃原ちとせ
和真がプールで出会った
「元」トップアイドル。
愛称は「ももちー」。

CONTENTS

S kyu gakuen no Jisho "Futsu", kawaisugiru kanojyo tachi ni Guigui korarete Barebare desu.

S級学園の自称「普通」、可愛すぎる彼女たちにグイグイ来られてバレバレです。2

裕時悠示

講談社ラノベ文庫

口絵・本文イラスト／藤真拓哉
デザイン／AFTERGLOW

#1 〈普通だから新人声優と花火見に行く。〉

S-kyu gakuen no jisho "Futsu", kawaisugiru kanojo tachi ni Guigui korarete Barebare desu.

八月後半の某日――。

花火大会の夜である。

会場へと続く河原沿いの道にはぎっしりと屋台が立ち並び、こうして歩いてるだけで焼きそばのソースの匂い、綿菓子の甘い匂いなんかが鼻をくすぐってくる。すでに日はとっぷり暮れてるけど、人出はますます増すばかり。数珠繋ぎ(じゅずつな)になった提灯(ちょうちん)に明かりが点(とも)り、昼もかくやというまばゆさである。

俺は人混みを泳ぐように歩いて、待ち合わせ場所まで来た。

「和真(かずま)くんっ」

甘い声に呼ばれた。

騒がしい祭りの中でも、何故か、その声ははっきり俺の耳に届いた。

そこに立っていたのは、鮮やかな紺の浴衣を着た女の子だ。

今や人気急上昇中の新人声優・湊甘音ちゃん。

前髪を上げて、子猫みたいな可愛い瞳で俺を見つめている。

「やあ甘音ちゃん。待った？」

「いいえ。今来たところですっ」

彼女が歩み寄ってきた。

履き慣れない草履のせいか、足取りがやや覚束ない。なのに、とてとて、一生懸命に早足だった。

「来てくれてうれしいです。実は、ちょっと心配してて」

「どうして？　一緒に花火見ようって約束したじゃないか」

「だって、最近の和真くんすごくモテるから。高屋敷瑠亜さんだけじゃなくて、生徒会長や、バイト先のメイドさんまで……」

甘音ちゃんの指摘は鋭い。

今夜の花火大会に、俺は可愛すぎる女の子たちからお誘いを受けていたのである。

甘音ちゃんを含めて、全部で四人。

一人は、俺たちが通う帝開学園の生徒会長にして、高校生だてらに起業して億を稼ぎ出す銀髪の麗しき帰国子女・胡蝶涼華先輩だ。もともと先輩からはプールに誘われていたのだが、昼間はバイトがぎっしりで断らなくてはならなかった。

「つまり、私とは遊びだったのね？　キスまでしたのに」

断る時、そんな風に言われた。真顔だった。その後「冗談よ」と付け加えてきた。やっぱり真顔だった。もっと冗談っぽく言って欲しい。

亜麻色の髪のギャル、学園ではカーストトップのダンス部エース、しかしバイト先の喫茶店では清楚なメイドさんという柊彩茶にも、同じ理由で断った。「うちとは遊びだったんだ！　ちゅーまでしたくせにっ！」と泣かれた。……いや、同じバイト先なんだから俺のシフト知ってるじゃないか、と突っ込んだら、ペロッと舌を出されて、「別の日に、必ずうちとも遊んでよね！」と約束させられた。

演劇部特待生の天才少年、実は家のしきたりで男装させられている栗色ショートカットの妹分、瀬能イサミからも誘われた。八月の公演も大成功だったようで、美形男優としての名声はいやますばかりだ。そんな彼、いや彼女から、熱心に誘われた。「和にぃに、ボクの浴衣姿見てほしいな」「ボクもたまには女の子に戻りたいもん」なんて。断ると「ボクじゃ不満？　キスもしたのに？」と、泣きそうな目で見つめてきて。こんな可憐な少女の顔を見せられると、学園では「絶世の美少年」として羨望を集めているのが嘘のようだ。

と、まぁ――。

この贅沢すぎる選択肢のなかから、なぜ湊甘音ちゃんを選んだのかというと、

「最初に声かけてくれたのは、甘音ちゃんだから」

結局は、そういうことだ。

「その浴衣似合ってる。可愛いよ」

「えへへ。ありがとうございます。マネージャーさんに見立ててもらったんですよ」

「へえ、マネージャーついたんだ」

「夏休みはゲームの録り溜めがいくつもあって大変なので。最近、少しずつお仕事増えてきてるんですよ」

声優として、ますます成長しているようだ。

「わたしと一緒に来てることを瑠亜さんが知ったら、ものすごく怒るでしょうね。大丈夫でしょうか……？」

「関係ないよ」

幼なじみの高屋敷瑠亜と絶縁して、はや三ヵ月が経とうとしている。

超人気アイドルとして芸能界に君臨し、世界有数の富豪・高屋敷家の令嬢であり、しかも俺たちが通う帝開学園理事長の孫娘という肩書きを持つ瑠亜だが——もはや、俺には「ブタ」としか認識できない。

子供の頃から、俺はあのブタの「奴隷」として生きてきた。

ありとあらゆることを束縛され、自由がなかった。

普通に友達を作り、彼女を作ることさえ、許されなかった。

ブタの束縛から解き放たれた今、俺が望むのは「普通」の学園生活だ。

こんな風に夏休み、可愛い彼女と一緒に花火大会に行く——そんな、普通の青春が、ずっと送りたかったんだ。

もっとも。

いま、俺の隣を歩いている甘音ちゃんは、「可愛すぎる」から、ちょっと普通じゃないかもしれないけれど。

「実は俺、普通に花火大会に来たのは初めてなんだ」

「普通にって？」

「いつもブタのお供をさせられてたからな。ほら、あそこにタワマンがあるだろう？」

河原を見下ろすように立つ、都会的なタワーマンションを指さした。周囲は庶民的な住宅ばかりが建ち並んでいるのに、あきらかに浮いている。入居率も低いようで、夜七時だというのに部屋の明かりはほとんどない。

不動産経営的な意味でいえば赤字まちがいなしだが……。

「あのタワマンは、ブタが生まれた時に高屋敷のじいさんが建てたんだ。帝開川の花火大会をベランダから見られるようにってね」

「ね、年に一度の花火大会のために、わざわざタワマン建てちゃったんですか⁉　そのためだけに⁉」

「そう。そんな別荘が、世界じゅうにいくつもあるよ」

「……はあ。帝開グループって、本当にすごいんですね」

高屋敷家が運営する巨大コングロマリット「帝開」は、世界有数の財力と権力を誇る。その最大権力者である高屋敷泰造は、孫の瑠亜にたいそう甘い。可愛い孫のためなら、タワマンのひとつやふたつ、コンビニで駄菓子でもつまむ感覚で建築してしまうのだ。

甘音ちゃんの大きな瞳が不安げに曇った。

「じゃあ和真くん、今日は物足りないかもしれないですね」

「どうして？」

「だって、あんな高いタワマンから眺める花火と、こんな人混みの中で見上げる花火じゃ、ぜんぜん──」

俺は首を振った。

「どんな綺麗な花火も、ブタと見たんじゃ台無しだ。俺はずっと、甘音ちゃんみたいな可愛い女の子と、一緒に花火が見たかった。それが今日、叶ったんだよ」

「……ほんとに？」

「ああ」

だだっ広いベランダで真っ白なチェアにふんぞり返り、高級フルーツをムッシャムッシャと喰らうブタの隣で見る花火を、俺は綺麗だと思ったことはない。

今年も例年通り、わざわざ招待状が内容証明郵便で届いたが、受け取りを拒否した。もちろん、LINEも電話もすでにブロックずみである。それでもしつこく、別の番号からかかってくる。さらに無視していたら、ついに首相官邸から電話がかかってきて、官房長官から「瑠亜さんから伝言です。一緒に花火大会に行くように」なんて言われた。権力の無駄遣いにもほどがある。

もちろん、すべて無視である。

大切な女の子との時間を邪魔されたくない。

「楽しくおしゃべりしながら、屋台で綿菓子食べたり金魚すくいしたりしたい。りんご飴を片手に、花火を見上げたい。そういう普通のことがしたいんだ。甘音ちゃんと」

甘音ちゃんはにっこりと微笑んだ。

「思いっきり楽しみましょう！　じゃあ、まずはどこから行きましょうか」

「あそこ、どうかな」

俺が指さしたのは、たこ焼きの屋台である。さっきからソースの匂いがしてたまらなかったのだ。タオル鉢巻きのヒゲ親父が一人で焼いている。「本当にタコが入ってます」という手書きの貼り紙が、なんともいい「味」を出している。

「いいですね！　二人で半分こしましょう！」

屋台の前に立つと、親父の目がギョロッとこちらを向いた。愛想の欠片もない、むしろ「何故俺の店に来た?」と言わんばかりの目つきだ。

「たこ焼きをひとつお願いします」

おう、と低い返事が聞こえた。こっちを見もしない。接客という言葉を家に忘れてきたかのようなぶっきらぼうな態度に、ますます俺の胸は高鳴る。

これがブタさんの買い物で銀座なんかに行くと、店員どころか店長が揉み手をしながら現れる。「これはこれは瑠亜様！　今日は何をお求めで?」にへらにへらと笑う店長の頭に、ブタさんは食ってたゴディバのチョコの包み紙を載せて、ッシャッシャッと十秒くらい笑ってる。それをニコニコと見守る店員の方々――というのが、俺の日常だったのである。

それに引き換えどうだろう、この親父の態度。気に入らないならよそへ行け、と言わんばかりじゃないか。お客様は神様なんかじゃない、この「対等」な感じ、なんて清々しい。

……ただ、ちょっと女の子と来るのはアレだったかな……。

俺ばかり楽しんで申し訳ないな、と思って横目を使うと、しかし、甘音ちゃんの目もいきいきと輝いていた。手際よくたこ焼きをくるくるひっくり返す親父の手元を食い入るように見つめている。

俺の視線に気づくと、甘音ちゃんは恥ずかしそうに笑った。

「こういうのも、今後の演技の参考になるかなって」

「たこ焼きが？」

「いえ、実はわたしもこういうお祭りに来たこと、あんまりなくって」

「そうなの？」

「子供の時から友達もあんまりいなくて、ずっとおうちでアニメ見たり、教室でもラノベやマンガを読んでばかりいたから……」

モジモジする甘音ちゃんの前髪が、大きな瞳のすぐ上で揺れている。

この前髪――。

初めて出会った時は、もっと長くしていた。目を隠していた。愛らしくてたまらない、声優ファンのあいだでは「あまにゃんの魅力はあの丸くて大きな目！」と言われることも多いこの目を、彼女はずっと髪の下に隠していたのだ。

もったいない、なんて、俺なんかは思うけれど。

ずっと「声」や「演技」の仕事に憧れて、今もその道を突き進んでいる甘音ちゃんからしてみたら、自分の顔が可愛いかどうかなんて、どうでもいいことだったのだろう。

最近は声優もビジュアル重視と聞いたことがあるし、事実、今の人気もそのルックスによるところもあるのだろうけど、あくまで彼女は「声の演技」で勝負するという姿勢を崩していない。どこかの家畜のように、容姿を鼻にかけてごり押ししたりしないのだ。

そういうところが本当に尊敬できるんだよな……。

できあがったたこ焼きにわっしゃわっしゃと青のりの吹雪を降らす親父の技を堪能した後、ほかほか湯気があがるたこ焼きを二人で頬張った。

「はふ、ほふ、はふ？」

「はふ、ほふ！」

夢中で食べながら、俺たちは何度も頷き合った。ぜんぜん何言ってるのかわからないけれど、心の底から楽しんでいるのが表情から伝わる。

「デートにたこ焼きは、やめた方が良かったかもですね」

「どうして？」

「青のりがついちゃうから」

そういう甘音ちゃんのくちびるに、ちょこんと青のりがついている。

「あ、もしかしてついてます？」

「うん。でも、可愛いよ」

「恥ずかしいから、取ってくださいよぅ」

もじもじと頬を赤らめる甘音ちゃんの瞳が、何かを期待するように輝いている。

周囲の目を気にしながら、俺はポケットティッシュをつまみ、彼女の艶(あで)やかなピンクを彩る緑を、そっと拭(ぬぐ)った。

「……別の方法で取って欲しかったなぁ」

「えっ？」

「な、なんでもないですっ……」

苦笑いする甘音ちゃんと次に行ったのは、「スーパーボールすくい」の店である。

金魚すくいの店もそばにあったのだが、

「金魚、飼う自信ないんだよな」

「死なせちゃうのもつらいですしね」

ということで見送った。高校生ともなればやはり後先のことを考えてしまう。

代わりに死なないスーパーボールをすくおうということになったわけだが、こちらもなかなか。宝石のようにきらきらした色彩豊かなボールが、ライトアップされた水槽の中をぷかぷか泳いでいる。ボールの中が発光する仕掛けになっているらしい。

「すごいな、最近のは」

「わたしが子供の時、こんなのなかったです！」

　はしゃぎながらボールをすくう甘音ちゃんが子供みたいで可愛い。しかも結構上手（うま）くて、大きいのを五つもすくって店の親父の目を丸くさせていた。

「これ、お部屋に飾っておきましょうね！」

　宝石のようなボールが詰まったビニール袋を見つめて彼女は言った。お部屋、というのは自分の部屋ではなく、俺たちが溜まり場にしている地下書庫のことだ。

　クラスからのけ者にされた俺たちが辿（たど）り着（つ）いた居場所であり、聖域だ。

　立派な施設ばかりの帝開学園からしたら、みすぼらしくて狭い場所だけれど——。

　これからも、甘音ちゃんたちとの大切な時間をすごしていければと思っている。

◆

　花火の会場となる河川敷についた。

人混みは苦手という甘音ちゃんのために、少し離れた一本杉のところで見物することにした。若干見づらいけど、ここのほうが落ち着ける。

「わたし、花火大好きなんです。楽しみだなぁ」

スマホを手にして、子供みたいにわくわくと目を輝かせている。俺にはこの笑顔のほうが、花火よりよっぽど魅力的に映る。

そこへ――。

「おい、そこどけよ」

野蛮な声とともに現れたのは、チャラチャラした男三人組。青髪、赤髪、黄髪。信号機みたいなチンピラだ。どいつもこいつもガタイがいい。耳がいわゆる「ギョーザ」になってるところを見ると、柔道部か。

「そこはオレらが先に目ぇつけてたんだよ。散れ、おら」

さっさとご退場願おうと思ったが――甘音ちゃんがそっと俺のシャツを引っ張った。小さく首を振っている。

……そうだった。いけないいけない。

「普通」になるんだった。

「場所を変えようか」

「はい」

二人で立ち去ろうとした時、青髪が急に声をあげた。

「あれっ？　この子の顔、なんか見たことあるぜ」

甘音ちゃんは最近、ネットではそれなりに顔が知られるようになってきた。「可愛い新人声優」みたいなテーマの記事で、画像をしょっちゅう見かける。

それで見つかってしまったのかと思いきや――。

「えーと、誰だっけなぁ。確か帝開学園の子だったと思うんだけど」

「帝開？　じゃあ、まさか高屋敷瑠亜⁉」

興奮した顔で、赤髪が甘音ちゃんの顔を覗き込んだ。

世間的には、アイドルであるブタのほうが圧倒的な知名度がある。「帝開学園といえば高屋敷瑠亜」みたいなまったく有り難くない風潮まである始末だ。

「いや、違うって。瑠亜ちゃんは金髪だしさ」

「なぁんだ、無名かよー。つまんなっ」

興味をなくしたように、赤髪は彼女の肩を突き飛ばした。

甘音ちゃんの顔が、一瞬、泣き出しそうにゆがむ。

それは、肩の痛みによるものではない。

「……行きましょう、和真くん」

彼女は強がるように笑った。

その肩を優しく引いて下がらせて——赤・青・黄のバカ信号に向かい合う。

「ああ？　なんだてめえ？」

深呼吸して、気持ちを切り替えた。

「失礼なやつだ。ブタと、こんな可愛い子を間違えるなんて」

普通でいたい。普通を目指す。

それが俺の目標であり、願いだ。

そのためなら、どんな努力でも惜しまない。

だけど。

俺の大切な女の子を愚弄されて、黙っていることだけはできないんだ——。

「女の前だからって、何イキッてんだ陰キャ！」

殴りかかってきた赤髪の拳(こぶし)を、手のひらで払った。

パリングと呼ばれる防御技術だ。

だが、これは攻撃にも応用できる。

「つぎゃ!!」

スナップをきかせて、手の甲で眉間(みけん)を打つ。顔を押さえてのけぞった赤髪にローキックを喰らわせ、膝(ひざ)を破壊。花火は座って見ることになるだろう。

「なんだ、お前ぇ！」

青髪が挑みかかってきた。奥襟を取ろうとしてくる。伸びてきた太い腕に飛びつき、体重をかけて地面に引き倒す。そのまま、相手の肘を伸ばしきる。ブチブチィッ、と筋繊維の千切れる音に、青髪の絶叫が重なった。花火は寝そべって見ることになるだろう。

「よくも、てめえ!!」

最後の黄髪はナイフを取り出した。柔道家のくせに、武器に頼る。その程度の研鑽しか積んでないということだ。隙だらけになった足を払って倒し、みぞおちを踏みつける。

「がはっ」と吐瀉物が地面に撒き散らされる。花火は病院で見ることになるだろう。

ひとり一秒ずつ、合計三秒。

甘音ちゃんに暴力シーンを見せたくないから、手早く済ませたつもりだ。

「行こう」

彼女の手を引いてその場から離れた。

途中、医療テントに寄って、三人の怪我人のことを告げた。

しばらく歩いて、河原の土手の上まで来た。さっきの場所より多少見づらいが、ここも静かで良いところだ。

「…………」

冷静になったところで、後悔が押し寄せてきた。

甘音ちゃんに見られたくないところを見られてしまった。「普通」じゃないところを見せてしまった。

彼女はぽかんと口を開けている。

信じられないものを見るように俺を見つめていた。

「和真くんって、あんなに強かったんですか」

「ごめん」

「どうして謝るんです？」

「暴力、キライだって言ってたから。本当は見せたくなかった」

やっぱり、嫌われたよな……。

しかし、甘音ちゃんはぶんぶん首を振った。

「あれは、暴力じゃないですよ。和真くんの優しさです」

「……」

「わたしのために怒ってくれて、ありがとう」

にっこりと、微笑む。

落ち込んでいる俺を慰めるかのように、抱きしめて、背中をよしよしと撫でてくれる。

「ありがとうは、俺のほうだよ」

浴衣の背中に腕を回して、強く抱きしめ返した。

花火の音が聞こえる。

ひゅるひゅると打ち上がり、ドーン、と鳴る。お馴染みの音。夏の風物詩。

薄い闇を、ぱっ、ぱっ、と舞い散る火花が照らし出す。

だけどもう、俺たちは花火を見ていなくて——。

お互いの顔ばかりを見つめていて——。


——ピピッ、ガー。


会場のスピーカーから耳障りな雑音。

続いて流れ出したクソみたいな声が、ロマンチックな雰囲気をぶち壊した。

『迷子のお知らせをいたしま〜す。帝開学園からお越しの、すずきかずまくん。すずきかずまくん。カワイイ幼なじみサマがお待ちです。至急、大会運営テントまで来てください。ってゆーか、来い♡』

あのブタァ……ッッッ！

高屋敷瑠亜の章

八月の某日――。

高屋敷さくらは、高屋敷一族の当主である泰造のもとを訪れた。

さくらは高屋敷瑠亜の親戚であり、鈴木和真の師匠である。

子供の時からよく知っている二人が「絶縁」したと聞いて、その事実関係を確認したいと思ったのだ。


帝開学園の隣に建つ豪邸、その広い応接間で面会した。


泰造は玉座のように豪奢なソファにその老体を沈めている。

日本、いや世界でも有数の企業グループである「帝開」を率いるドンが、この老人である。彼の意向ひとつで、億の人間が動き、兆のカネが動くと言われる。日本で二番目の権力者、といっても言い過ぎではなかった。

二番目。

では、一番は誰か？

その少女は、泰造の隣でふんぞり返っていた。

ペットのライオンをソファがわりにしてもたれかかり、面白くもなさそうな顔でフルーツをムシャムシャ手づかみで食っている。「マンガに出てくる金持ちかよっ」というツッコミを、さくらは胸の中にしまい込んだ。

少女の名は、高屋敷瑠亜。

泰造の孫娘であり、現在、日本で一番人気のあるアイドルだ。

愛孫である瑠亜の隣で上機嫌なのか、泰造が珍しく笑ってさくらを見た。

「久しいな、さくらよ。耕造（こうぞう）は息災か？」

「は〜い御前（ごぜん）。おかげさまで、事業も順調なようです〜」

さくらの祖父・耕造は、泰造の弟である。帝開グループの金融部門を取り仕切っている。経済界の重鎮（じゅうちん）であり強い影響力を持つが、そんな祖父でも泰造には頭が上がらない。当主の発言権は、高屋敷において絶対なのだ。

その泰造は、長男・貞蔵（ていぞう）の娘である孫・瑠亜を溺愛（できあい）している。

これにより、一族の序列は「瑠亜＞泰造＞＞＞＞＞その他」という歪（いびつ）な形になっている。

そして、この高屋敷家は、日本国に大きな影響を及ぼすことができる。

つまり——このワガママ放題のクソザコお嬢様が、この国の支配者といっても過言ではなかったりする。決して大げさではない。実際、瑠亜が「こいつの顔キラ～イ。ニュースとかで見たくナ～イ。お爺さまなんとかしてぇ～ン？」という理由だけで、総理の首がすげ替えられたことさえあるのだ。

「それは何よりだ。――して、今日の訪問の理由は？」

「おわかりでしょ～？　鈴木和真くんのことです～」

ちらっ、とさくらは瑠亜に視線をやった。

「あによう、さくらっち。アタシに何か言いたいことでも？」

十歳も年上のさくらに対してもこの態度である。

「瑠亜ちゃんさあ～、和くんにひどいこと言ったらしいじゃない？」

瑠亜はギクリと体を強張らせた。ご主人の異変を感じて、ライオンがグルゥゥと鳴く。

「どういうことだ、さくら？　ワシにも話せ」

「二人が絶縁したきっかけを、和くん本人に聞いてみたんですよ～。そしたら、瑠亜ちゃんにこう言われたんですって」

「ふむ。なんと？」

「『アンタと幼なじみってだけでも嫌なのにw』」

ちゃんと草もつけて伝えた。

泰造は白いあごひげを撫でてため息をついた。

「瑠亜よ。何故そんなことを？　それでは和真が怒るのも当然ではないか」

「ちっ、ちがうもん！　アタシはただ、ちょっとイジワルしてやりたかっただけで……別にホンキじゃなかったわよ！」

「どうして、そういうイジワルを～？」

「だってさあ、高校生になった途端カズが言うんだもん！　『明るくなりたい、友達が欲しい、彼女欲しい』って！」

「んん？　それが何か～？」

高校生の男の子なら、普通の願いだと思う。

瑠亜は大きく首を振った。

「アタシというものがありながら！　アッタッシッというものがありながら、よ!!　トモダチが欲しいって何事!?　この世界一可愛いお姫がいるのに、不満だっていうの!?　おまけにカノジョとか、ナメてんのかッッ！　アタシひとりで世界中の美女百万人分くらいの価値があるでしょーがっ！」

ツバがさくらのところまで飛んできた。ライオンがすごすごと部屋の隅へと逃げていく。そのくらいの剣幕であった。

「それはいくらなんでもムチャクチャよお～」

さくらは困り果てて、泰造に視線を向けた。

こういう時こそ、当主の威厳をもって、このバカ孫にビシッと——。

「うむ。瑠亜の言うことはもっともだな。和真が悪い」

「…………」

あっ。

だめだこりゃ。

「い、いや、だけどね～？　和くんと和解したいなら、まず瑠亜ちゃんが折れないと～」

「ヤダっ」

「そうしないと、和くん、他の女の子に取られちゃうわよ～？」

「それもヤダっ!!」

頑として首を振る。

「さくらっちさあ、十傑の筆頭でしょ？　カズのお師匠でしょ？　さくらっちの方から上手くアレをソレしてナシつけてよ！　意地張ってないで可愛い瑠亜ちゃんに謝るようにカズに言って!!　『本当は大好きだよ、瑠亜』ってチューしてくるように仕向けて！」

「……チューはどうかなあ……」

無茶振り、ここに極まれり。

こうなったらもう、瑠亜は他人の言うことなんて聞かない。

「御前は、和くんを瑠亜ちゃんのお婿さんにするのは諦めてないんですよね～？」

「当然だ。あれだけの逸材、そうはおらん。ぜひ我が一族に迎え入れたい。そのために、お前を師匠につけて帝王学を仕込んできたのだ」

このじいさんも負けずにガンコだなぁと、さくらは思う。

和真に執着しているのは、祖父も孫も同じか——。

「なんにせよ、和くんの洗脳は解けちゃったワケだから～。二学期から大変なんじゃないかなあ～？」

「大変って？」

「だって彼、今までわざと『オール三』取り続けてきたんでしょ～？　小学校から、今の今まで、ずーーーっと。テストも、ねらって平均点取ってきたんでしょ？　問題を解きながら平均点はこのくらいって予測して、その通りの点数を取ってきたのよ？　そーいうバケモノなのよ？」

それが、どれだけ〝異常〟なことか。

どれだけあり得ないことなのか。

オール五を取り続けることより、もっともっと不可能なことではないのか——。

「でも、瑠亜ちゃんと絶縁した今、もう力を抑える必要はないのよ。スポーツでも、学業でも、大騒ぎになるんじゃあ～？」

Ｓ級学園。

様々な才能が集う帝開学園のことを、そんな風に呼ぶ者もいる。

だが、その天才たちの中に、天才すら超える「超才」の持ち主が、突如出現する。

しかも特待生ではなく、一般生徒の中にだ。

学園は、教師も含めて、大混乱に陥るだろう。

プライドを粉々にされる天才も出てくるのではないか。

いや、すでに居てもおかしくない。

「しかも和くんってば、ともかく女の子にモテるんだから。子供の頃からもうモテまくってるんだから！　今まで何度、和くんを好きになった女の子を転校させてきたか、瑠亜ちゃんも知ってるでしょ～？」

そうなのだ。

十傑は、瑠亜をガードすると同時に、和真の周囲もつぶさに観察していた。彼に好意を抱いている女の子が現れると、即座に排除していた。その子の父親の勤務先に手を回して、転勤させたりしていたのだ。我ながらひどい話であるが、これもすべて、鈴木和真という逸材を高屋敷一族に引き入れるための措置だった。
和真本人も、そこまでは知らない。
だから「自分はモテない」――そういう風に思い込んでいる。
でも、これからは？
和真の真の姿を目撃した天才美少女たちは、彼を放っておくだろうか？

「ふふんっ、とーぜんでしょっ。アタシのカズなんだから♪」
「うむうむ。それでこそ、帝開グループを継ぐにふさわしき〝帝王候補〟よ」

と、二人は何故か誇らしげである。
やっぱり、だめだこりゃ――。

(もう、私、知～らないっと)

二学期から、和真と瑠亜がどんな騒動を巻き起こすのか――。
S級学園の生徒たちに、さくらは同情した。

#2

〈普通になるため美術部に仮入部する。〉

S-kyu gakuen no jisho "Futsu", kawaisugiru kanojo tachi ni Guigui korarete Barebare desu.

怒濤(どとう)の勢いで夏休みは過ぎ去った。

あっという間だった。

時間がすぎるのを早く感じるのは充実している証拠だと、師匠が昔言っていた。その通りだと思う。俺の人生でこんな短い夏休みはなかった。だけど、思い出はたくさんできた。バイトに遊びに、花火大会に、毎日忙しく楽しくすごすことができた。

ただ一点――。

俺の行く先々にいちいち現れた金髪ブタ野郎が、目障りといえば目障りである。

まぁ、徹底してスルーしてやったので実害がないといえばないのだが――甘音(あまね)ちゃんと行った縁日で「迷子扱い」されたのが腹立たしい。迷子はお前だろ。常に迷走してるくせに。

ともあれ、夏休みは終わった。

二学期の開始である。

◆

「和真君。貴方は部活に入るべきよ」

二学期初日の放課後。

今日も今日とて地下書庫で読書中の俺に向かって、胡蝶涼華会長が言った。まだまだ蒸し暑い中、冷房もない地下書庫までわざわざ来てくれている。甘音ちゃんは収録のため帰ったので、二人きりだ。

「貴方のその才能、眠らせておくのは惜しいわ。何か興味のある分野はないの？　スポーツでも芸術でもなんでもいいから」

少し考えてから答えた。

「特別これ、というのはないですね。でも、何かやってみるのは悪くないって思います」

「良かった。その気はあるのね？」

「はい」

あのブタと絶縁した今、俺は何をするのも自由だ。バイトも経験したし、次は部活を経験してみるのも良いと思う。

「じゃあ、美術部に仮入部してみない？　部長とは中等部から友達だから、話が通しやすいの。和真君、絵は好き？」

「好きですよ。小学校の時、母親の絵を描いて先生に褒められたことがあります」

いい先生だった。あのブタのお付きということで、腫れ物のように扱われていた俺のことを、普通の生徒として扱ってくれた。俺の絵を上手だと褒めてくれた。そしてその翌日、先生は唐突に休職した。「産休」とのことだった。男性教師なのに。しばらく経ってから、遠くの学校へ転勤したと聞かされた。ブタの一族が手を回したのか、あるいは校長が「忖度」したのだろう。

過去はどうあれ――。

「じゃあ、決まりね。明日から仮入部よ」

自分のことのように嬉しそうな会長の顔を見ていると、頑張ろうって気になれる。

部活動、せいいっぱいやってみよう。

◆

翌日の放課後。

俺はさっそく、美術部が部室にしている美術室へと向かった。

来月は学園祭という時期であり、校内は活気に満ちている。運動部の練習には熱が入り、文化部も作品を仕上げる追い込みの時期に入っている。

俺が仮入部する美術部も例外ではない。

二十名以上の部員たちが美術部に集まって、カンバスと真剣な顔で向かい合っていた。

右も左もわからない新入部員（仮）の指導についてくれたのは、二年生の女子だった。

「綿木（わたぎ）ましろです。よろしくねぇ、鈴木（すずき）くんっ」

綿菓子みたいだな、というのが第一印象。

ふわっとした白い髪を二つに束（たば）ねている。ほんわか、頷（うなず）くたびにその髪が揺れるのが目に優しかった。やわらかそうな女の子。

体格は小柄で、背は甘音ちゃんと同じか少し高い程度。甘音ちゃんが猫としたら、ましろ先輩はリスとかハムスターとか、そんな感じの可愛（かわい）らしさがある。

「とりあえず、今日はあたしの横で見学しててくれる？　いま、ちょうど仕上げに入ってるから」

「わかりました」

隣に椅子（いす）を置いて、先輩の筆遣いに見入った。この近くにある海岸の水彩画を描いている。鮮やかな色とダイナミックな筆遣いで、名勝が見事に表現されていた。

「すごいですね、先輩」

「へ、何が？」

「絵のことはよくわからないですけど、なんていうか、ガツンと来ます」

「あはは、がつん？」

「ガツン、です」

専門的なことはわからないが、脳みそに絵のイメージが焼き付く感じがする。

「すいません。口べたで」

「ううん。うれしいよ。鈴木くんの感性、あたし好きかも」

「和真でいいですよ」

「えへ。じゃあ、あたしのこともましろで」

ほんわかと微笑(ほほえ)むましろ先輩。

この可愛らしい人が、こんな大胆な絵を描くなんて。

美術ってちょっと面白いかもな……。

「でもね、これ、あたしの絵じゃないんだぁ」

「そうなんですか？」

代筆ってことだろうか？　ゴーストライターならぬ、ゴーストペインター？

「部活動なんだから、自分で描かないと意味ないんじゃ？」

「……うん、まぁ、そうなんだけどね。幼なじみのためだから」

明るいましろ先輩の顔が曇った。

聞いちゃいけないことだったんだろうか。

幼なじみ。

俺にとっても、良い思い出のない言葉だけれど――。

その時、美術室後方のドアが大きな音を立てて開いた。びくっ、と部員たちの肩が小さく跳ねる。現れたのは、短い赤髪でガタイのいい男子生徒。ジロリと周りを見回すと、部員たちはあわてて目を伏せた。

「あ、コウちゃん……」

つぶやくましろ先輩のところに、赤髪はずかずか近寄ってきた。

「おい、ましろ。オレの絵、もう描けたのかよ?」

「う、うん……たぶん、明日じゅうには」

「は？　今日じゅうに仕上げろって言っただろうが。ったく、どんくせえなあオマエは昔っから」

どうやらこの人がましろ先輩の「幼なじみ」らしい。

赤髪はジロリと俺に目を向けた。

「誰だ、オマエ？　なんでましろの隣にいるんだ?」

「あ、彼はね、仮入部の」

「ましろには聞いてねえ。黙ってろ」

偉そうに見下ろしてくる。

ケンカ、売られてるんだろうか？

「一年一組の鈴木和真です。今日から仮入部したので、ましろ先輩にいろいろ教えてもらってます」

「おうそうか。じゃあ、今日で退部しろ」

固く握り締めた拳を、俺の鼻先に突きつけてきた。

空手の握りではない。

バンデージを巻いた跡が指についている。

ボクサー、それもヘビー級か。

だらしなく着崩した制服のシャツには、金バッジが光っている。とっくにバッジ制度は廃止されたというのに、これ見よがしに。つまり、そういう人種なのだ。

「ましろは忙しいんだよ。オマエみたいなカスに構ってるヒマはねえ」

「や、やめてコウちゃんっ」

「黙ってろって言ってんだろ‼」

びくっ、とましろ先輩は目を伏せる。

他の部員たちも、触らぬ神に祟り無しとばかりに見て見ぬふりだ。

「ましろ。オマエいつからオレに命令できる立場になったんだ？」

「……ごめん、なさい……」

「オマエはトロくて、ナニやってもへたくそなんだからよ。黙ってオレの手伝いだけしてりゃぁイイんだ」

ましろ先輩はしょげかえってしまった。

赤髪が、ずい、と俺に顔を近づけてきた。

「出て行かねえなら、オレが追いだしてやろうか？」

「先輩は、ボクサーじゃないんですか？　何故美術部に？」

ボクサーであることを言い当てたが、赤髪は驚かなかった。自分のことは知られてて当然、そんな傲慢さが見える。

「兼部してんだよ。ボクシングでも天才、芸術でも天才。文武両道の天才・荒木興二ってのは、オレのことだ」

ああ――こいつがそうなのか。

将来はオリンピックも狙えるという天才ボクサーが、二年生にいるっていう話。さらに有名な絵画コンクールでも賞を取っていて、新聞やニュースで取り上げられていたのを見たことがある。

絵の腕前は知らないが、ボクシングの方は大したもののようだ。面構え(つらがまえ)や筋肉のつき具合から見て、非常に優秀なアスリートであることはわかる。そう、アスリート。スポーツ選手である。

最近じゃ、スポーツのことを「武(ぶ)」と呼ぶらしい。

……ふうん。

「痛い目見たくなきゃ、さっさと出て行け。それともオレにぶっとばされたいか？」

ニヤリと笑って、黄ばんだ歯を見せる。

近づいて、俺の胸ぐらをつかんできた。

殺気が、イメージとして伝わってくる。

俺のボディに強烈なブローを食らわせようとしている。どうやら本気で殴るつもりらしい。その殺気が、まなざしからギラギラと伝わってきた。

そっちがそのつもりなら――。

こっちは〝こう〟かな。

ガツン。

「っっ⁈」

赤髪が全身を戦慄かせた。

好戦的な笑みが凍りつき、その顔に怯えが走る。

俺をサンドバッグにする「絵」を描いてくるから、そこに上書きしてやったのだ。ご自慢のボディブローでびくともしないサンドバッグ。それどころか、反撃のアッパーカットを繰り出してきて、「ガツン」とアゴの骨が砕かれる己の「絵」を。

そのイメージを、赤髪の脳裏に描いてやったのだ。

「……っ、お、オマエ、何だ今のは⁉」

「人を殴ることはできても、殴られる覚悟はないみたいですね」

伝わるということは、こいつもそれなりの使い手ということだ。さすがオリンピック。すごいな。

ところが赤髪は、せっかくの自分の勘を信じようとはしなかった。

「表に出ろ‼　徹底的にぶちのめしてやる‼」

愚かだ。

せっかく「野性」が逆らってはいけない相手を教えてくれているのに、安いプライドを優先させている。

「も、もうやめてようっ。コウちゃん！　ね？」

先輩は、泣きそうな顔で必死に俺をかばってくれる。不謹慎だけど、その顔がとても可愛いと思ってしまった。庇護欲をくすぐられる。

——と、その時である。

「はろはろ〜〜〜ん♪　カズぅ〜〜〜!!」

忌まわしい声とともに入ってきたのは、クソったれのブタ野郎。

護衛の氷ノ上零を引き連れて、金髪を汚らしくなびかせて、堂々のご入来である。

「美術部に入ったって聞いたわん♪　だからアタシが様子を見に来てあげたの♪　うふふ、尽くす女って感じでアタシヤバッ♡　って、何目ぇ逸らしてンの？　ああわかった、ひさしぶりに瑠亜ちゃんに会って恥ずかしいんでしょ？　カズったらもう童貞丸出しでウーケーるーｗｗｗ」

うざい。果てしなくうざい。

「ところで、誰よその女!?　ブスね!!」

「…………」

美術部員たちの創作意欲であふれていた美術室は、ブタの登場によってコントのステージに変わってしまった。

他人をブスとか言えた顔か？　性格の悪さが滲み出るブタヅラのくせに。

しかし、世間的に「高屋敷瑠亜」といえばルックスよし声よし家柄よし性格よしのパーフェクト美少女ということになっているから始末に負えない。

部員たちは皆、その威光にビビッて顔を伏せてしまっている。

しかし、喜んで尻尾を振る犬もいる。

さっきまでの粗暴な態度をコロッと変えて、荒木がキモイ声を出す。

「瑠亜ちゃん！　ひさしぶり！　オレのこと覚えてる？」

「あん？　誰？」

「ホラ、前にみんなでカラオケしたじゃん！　ボクシング部と美術部のダブル特待生ってハナシしたじゃん！」

「あーハイハイ。荒田ね」

「イヤ荒木だけど、るあ姫が言うなら明日から荒田にする!!」

こいつ、ご先祖に申し訳ないと思わないのか？

荒木改め荒田には目もくれず、ブタはましろ先輩のところにつかつか歩み寄った。

「ねぇブス？　アタシのカズから離れてもらえるブス？　るあちゃんディスタンスを最低二メートルは取りなさいブス。ブスブスブース！」

などと言いつつ、軽やかに舞う。やたらリズミカルなのが腹立たしい。

すっかり怯えているましろ先輩を背中にかばった。

「邪魔だ。今すぐ出て行け」

「ねえカズ、絵を描くんだったらさぁ、アタシがモデルになってあげてもいいわよん？」

おいやめろ。ケツを振るな。

「あいにく、ブタを描く趣味はないんだ」

「ちょっとカズぅ。いくらなんでも本当のこと言っちゃだめでしょ。そこのブスに失礼じゃん」

と、哀れむようにましろ先輩を見る。

「いや、お前のことなんだが」

「オマエ？　そんな名前のひといたかしら？」

「……」

こいつ……。

「か、和真くんっ。あたしのことはいいからっ」

小声でましろ先輩が言う。あんなにブスブス言われたのに、優しい人だ。

さっきからずっと、護衛の氷ノ上零が彼女を鋭いまなざしで見つめている。柊(ひいらぎ)の時と同じように考えているのだろうか？　ましろ先輩にキスする予定は今のところはないから、杞憂(きゆう)なのだが。

「どうでもいいから早く帰れ」

「いいわ！　そこまで言うなら勝負してあげるッ！」

と、まったく話が通じない。ブタに人間の言葉は難しいようだ。

「カズが美術部に入るっていうなら『絵』で勝負よ！　カズは、そこのブスを描く！　んで荒田は、アタシを描く！　どっちの絵がカワイイか、美術部員たちに審査してもらいましょ！」

ブタは荒田の腕を強引に引っ張った。荒田はすっかり鼻の下を伸ばしている。ブタに気に入られて喜ぶとは、なかなかマニアックな趣味だな。

ましろ先輩はきょとん、としている。おそらく、ブタの意図するところがわからないのだろう。部員たちも同じく、意外な成り行きに呆気にとられているように見える。

だが、俺にはわかる。

長い付き合いでわかってしまう。

このブタの意図は――ようするに、「アタシのほうが可愛いでしょっ⁉」と、俺に認めさせたいのだ。俺がましろ先輩を描いて、その絵を美術部員たちに貶させる。荒田が描いた自分の絵を、褒めさせる。「ね？　カズもアタシを描けば良かったのにィ！」という風に、勝ち誇りたいのである。

描き手の腕なんかは考慮してない。

普通は考慮すると思うのだが、このブタはしない。たとえ幼稚園児のラクガキでも「モデルがアタシなら最高にカワイクなる！」と信じて疑わない。脳みそがハチミツ漬けなのである。

もっとも、描き手の腕を考慮したところで、結果は同じか。

美術部の特待生である荒田と、仮入部の俺では、比較にもならない――という風に、誰もが考えるだろう。

その荒田はすっかり乗り気のようだ。

「さすがるあ姫、ナイスアイディア！　学園祭前のいい肩ならしじゃん。なァおい、逃げんなよ一年？　ましろもいいよな？」

「あたしは構わないけど、でもっ……」

ましろ先輩がちらりと俺を見る。心配してくれているのが伝わる。自分が誹謗されたことよりも、まず他人のことを思いやれる人なのだ。

ブタと関わりたくない俺からしてみれば、本来、こんな勝負は受ける理由がない。

だが、今回ばかりは「例外」としよう。

優しい先輩のことをブスブス言うブタはもちろん――この荒田とかいう男のましろ先輩への態度も度が過ぎている。

幼なじみに虐げられる――なんて歪みは、正さなくっちゃな。

「わかった。その勝負、受けてやる」

「決まりねッ！」

ブタさんがニヤリと笑う。

「一週間後のこの時間までに絵を描き上げて、美術室に来ること！　アタシが勝ったら、カズはアタシに泣いてワビいれて復縁するのよ！　いいわねッ⁉」

「わかったから、さっさと帰れ」

「くふふ、今から一週間後が待ち遠しいわァ‼　カズ、土下座の準備しておきなさいッ！『瑠亜ちゃん俺が悪かった許してくれ心を入れ替えるから許してくれ復縁してえええええッッ‼』って泣きながらおでこを床に擦りつける練習をねェッ！　ッシャッシャッシャッむぐぅっゴホガホゴホォッ！」

笑いすぎてむせてしまうブタさんであった。

あー、うるさい。

◆

高笑いとともにブタが去って行った後のことである。

「ごめんねぇ、和真くん。あたしなんかを描くことになっちゃって」

ましろ先輩が申し訳なさそうに謝った。

もう他の美術部員たちは帰ってしまって、部屋には俺たちしか残っていない。

「あのブタの言ったこと、気にしてるんですか？」

「ぶ、ブタって瑠亜さんのこと？」

「他に誰がいるんですか？」

前も甘音ちゃんと、こんなやり取りをしたな。

「あんなブタなんかより、先輩のほうがよっぽど可愛いですよ」

「っ、そ、それはないよう。帝開グループのお姫様で超人気アイドルのるあ姫と、あたしなんかじゃ、誰に聞いても……」

「『誰』じゃなくて。『俺』が言ってるんです」

優しい先輩のことを、まっすぐに見つめた。

「先輩は、とても可愛いです。もし俺が負けたら、それは俺の絵がへたくそってことです」

綿飴のように色白の頬が、みるみる紅く染まった。

ふかふかの胸の前で、モチャモチャ小さな手を絡ませて。

「……ありがとう」って、サクランボみたいな唇でつぶやいて。

うん。

やっぱり、可愛い。

「ていうか、謝るのは俺のほうです。巻き込んじゃってすみません」

「ううん。あたしは別に構わないんだけど。和真くん、絵は得意なの？」

「小学校からずーっと、美術の成績は三でした」

　そっか、と先輩はため息をつく。

「コウちゃんは特待生になるだけあって、あたしが代筆しなくてもすごく上手いよ。しかもモデルは瑠亜さんだし、ちょっと勝ち目はナイかも」

「やってみなきゃわからないですよ。今までずっと、本気で絵を描いたことはなかったんです。だけど、今回は燃えてます」

「瑠亜さんとの勝負だから？」

「や、アレはどうでもいいんですが」

　本気でどうでも良かった。

「先輩の可愛さをどれだけ俺が引き出せるのか、やってみたいんです」

「……もう、また、そんな……」

　照れ半分、戸惑い半分のような表情を先輩は浮かべた。

「瑠亜さんが言った通り、あたしブスだもん。トロくさいし、ドンくさいし、昔からそう。いつもコウちゃんに叱られてたの」

「あの男の目が曇ってるだけでしょ」

　こんなに可愛くて、優しくて、絵も上手いのに。

幼なじみに貶され続けて、自信を失っている。

……重なる。

絶縁前の、俺自身に重なる。

負けるわけにはいかない。

「先輩の可愛さ、俺が引き出してみせます」

「……もうっ、和真くん……そういうの、真顔で言うの、ずるいぃ……」

ふにゃふにゃと唇を波打たせて、先輩は沈黙した。

もう、このままでも十分可愛いんだけど……。


きっと、この人は、もっと可愛い。

◆

高屋敷瑠亜&荒田興二VS綿木ましろ&鈴木和真。

絵で対決。

この対決はたちまちニュースとなって、生徒たちの噂(うわさ)するところとなった。

「ねえ和にぃ。それって絶対フェアじゃないよね?」

そう言ってくれたのは、「演劇の天才」こと瀬能イサミだった。

よく晴れたお昼。

校舎裏の花壇で二人きりのランチの時、そんな風に心配してくれた。

「だって、相手は瑠亜さんをモデルにして描くんでしょ？　学園一の権力者の絵を貶せる人なんて、この学校にいるはずないじゃない」

くりっとした目が俺を間近から覗き込む。二人きりの時はこんな風に距離が近い。他人が見たら同性愛を疑われるところだが、いっちゃんの正体は男装の美少女。だから問題ない――いや、問題になりそうか。

「そうだな。ちょっと分が悪いかもな」

「もう、そんな他人事みたいに」

あんパンをかじる俺の顔を、いっちゃんが覗き込む。

「負けたら、瑠亜さんと復縁しちゃうって……ホント？」

いっちゃんが心配してるのはそこらしい。妬いているのかもしれない。すねたように唇をとがらせているのが、不謹慎だけど、とても可愛い。

「もしあのブタと復縁することになったら、国外にでも逃げるさ」

「そ、その時は、ボクもついていくからね!!」

「それは困るだろ。演劇部が」

看板俳優を連れて駆け落ちなんかしたら、彼女たちに一生恨まれそうだ。

「どうしてそんな勝負を受けたの？　スルーすれば良かったのに。和にぃらしくないよ」

「……そうだな」

確かに、らしくなかったかもしれない。

だけど、放っておけなかった。

幼なじみにひどい扱いを受けているましろ先輩のことを、見過ごせなかったのだ。

「ああ。ボクが美術部員だったら、和にぃに一人で百票入れるのに！」

「はは、それじゃあズルだよ」

いっちゃんの気持ちは嬉しいけれど、それじゃブタと同じになってしまう。

ましろ先輩と二人で、正々堂々挑むつもりだ。

◆

放課後。

地下書庫で、さっそく絵を描き始めた。

ましろ先輩にはパイプ椅子に座ってもらって、鉛筆でスケッチする。水彩画にするつもりだが、まずは下書きからだ。

「えへへ。なんか自分がモデルって、きんちょーするね」

照れくさそうに笑う先輩。そんな風にモジモジされると描きづらいが、これはこれで可愛いのが悩ましい。

「でも本当に水彩で描くの？　油絵と違って色の塗り直しができないから一発勝負になるよ？」

「油絵、描いたことないんです。水彩画なら小学校の授業で習ったから」

うーん。我ながら素人まるだし。

ただ、一番の理由は別にあって、

「何より俺、水彩で描きたいんですよ。先輩が昨日見せてくれた水彩画、とても綺麗だったから。あんな風にガツンと来る絵が描きたいんです」

「……あたしの絵なんて、たいしたことないよ……」

もごもごと、先輩は口ごもってしまった。

照れているのもあるだろうけれど――そこには、何か「遠慮」があるように見えた。

「先輩。ひとつ聞いていいですか？」

「うん。なあに？」

「あの荒木改め荒田っていう人とは、幼なじみなんですよね？」

「……だよ。家がお隣同士なんだ」

先輩の明るい表情が、わずかに翳(かげ)る。

「荒田って人は、ずいぶんすごいんですね。オリンピック級のボクサーで、しかも絵画コンクールでいくつも賞を獲(と)ってて」

「うん。コウちゃんは天才だから」

「ボクシングのほうは確かに。でも、絵の方は違うんじゃないですか？」

先輩は困ったように首を傾(かし)げた。

「何が言いたいのかな？」

「絵の方は、先輩がかなり手伝ってるんですよね？」

「ちょっとだけだよ。コウちゃんはボクシングで忙しいから、ほんのちょっとだけ」

「本当に？　実はほとんど先輩が描いてあげてるんじゃないですか？」

先輩は沈黙した。

地下書庫に重たい空気が満ちる。

長いため息が聞こえた。

「……そうだよ。先生も美術部員も、みんな知ってることだけど」

「公然の秘密ってやつですね」

「コウちゃんだって、昔は上手かったんだよ。今だってそれなりに描けると思う。でもボクシングで忙しくなって、ぜんぜん描かなくなっちゃった」

「だったらボクシング一本に絞ればいいのに。どうして先輩が彼の代わりを？」

「そのほうが、帝開の宣伝になるからだよ」

先輩は力なく微笑んだ。

「この学校の方針はわかってるでしょ？『S級学園』。帝開学園にはすごい天才たちがいるって、世の中に知らしめなきゃいけないんだよ。そのために必要なのは、あたしじゃなくてコウちゃん。文武両道の天才。その方が目立つし宣伝になる。ボクシング部や学校とも話し合って、そういうことになったんだよ」

「なるほどね」

ブタが支配するこの学園らしい偽装（プロデュース）である。

派手な容姿とボクサーとしての才能・実績を持つ荒田を「天才画家」に仕立て上げたほうが、注目を集めるニュースになるということだ。

だが、本当にそうだろうか？

「俺は、先輩自身が前に出たほうがいいと思います」

「駄目だよ、あたしなんて」

「あの素敵な絵を描いたのは先輩みたいな可愛い人だって、世間が知ったら」

「だめだよっ!!」

先輩は大声を出した。

自分で自分の出した声に驚いているような顔を見せた。それから、うつむいた。

「……だめだよ。あたしみたいなドンくさい子じゃ、だめだよ。瑠亜さんみたいに綺麗でお金持ちの子だったら良かったけど、あたしじゃ、だめ」

俺は静かに聞いた。

「それは、本当に先輩の意見ですか？」

「…………」

「子供の時から、ずっと、そんな風に刷り込まれてたんじゃないですか？『コウちゃん』に。先輩を自分の言いなりにするため、ずーっと、そうやって言い聞かせてたんじゃ？」

毒親やDV夫が、子供や妻を支配するためによくやる手。「お前にはなんの取り柄もない」「オレがいないと駄目なんだ」そんな風に刷り込んで洗脳する。

人間は計画的に、あるいは無意識に、そういうことをやる。

醜い生き物だ。

だけど、彼女は違う。

「コウちゃんもね、優しいところがあるんだよ」

消え入りそうな声で、先輩は言った。

「小一の時、公園で仲間外れにされてたあたしの手をひいて、仲間に入れてくれたの。とても、嬉しかった。嬉しかったの……」

「『コウちゃん』が優しかったことは、他にありますか？」

「あるよ？　えっと、えっと……」

先輩はしばらく「えっと」を繰り返した。

何も出てこなかった。

また、力なく笑った。

「……あは、思い出せないや……」

「描きます」

おしゃべりで中断していたスケッチを、俺は再開した。

「だから、先輩。笑ってください。そんな力のない微笑みじゃなくて、昨日見せてくれた満開の笑みを。世界一可愛い笑顔を」

絵を褒めた時に、笑ってくれた先輩の顔は――とてもまぶしくて。

あの笑顔なら、この地球のどんな美少女にも勝る。

「ほんと、和真くんは大げさだなぁ」

すん、と先輩は鼻をすすった。

「そんなこと言われたら、笑えない……涙が出てきちゃうよ……」

◆

それから五日が経過した。

ましろ先輩には、毎日放課後に三十分だけ時間を割いてもらった。先輩は先輩で学園祭の準備があるのだ。

もう水彩で色を塗る段階に入っている。スケッチが終わってしまえば、ずっとモデルを見ていなくても良い。

勝負の日である月曜、その前の夜——。

日曜の学校に来て作業をしていた俺のところに、来客があった。

桜色の着流し姿。

足音も立てず、ゆらりと地下書庫に現れた。

「やっほ～。和くん～」

いつもながらの、呑気な声。

我が師匠にして十傑筆頭、高屋敷さくらである。

「こんばんは師匠。どうしたんですかこんなところに」

「ちょっとね～。なんか、瑠亜ちゃんと絵の勝負するって小耳にはさんだから～。それがそうなの？」

俺の前にあるカンバスを見つけて、近寄ってきた。

「どれどれ。ちょっとはいけ〜ん。……………………っ！？？！！？！？」

絵をひと目見るなり、師匠は絶句した。

しばらく魅入られたように固まっていた。

「…………。ねえ。この絵の、タイトルは？」

「『笑顔』」

「なるほどね。キミってやつは、まったく……もう、まったく……なんて、なんて……」

師匠は何度も何度も首を振った。

「実はね、今日は〝警告〟に来たの〜」

「はあ」

「昨日、スイスから五人の傭兵さんが入国したのよ。大きなサーフボードと一緒にね〜。空港の税関は何故かノーチェック。わざわざ御前が手を回してたみたい」

「サーフィンを楽しみに来日したわけじゃなさそうですね」

師匠は頷いた。

「瑠亜ちゃんの性格は知ってるわよね〜？　すっごい負けず嫌い。そして手段はえらばな〜い。しかも今回は和くんとの復縁がかかってるんだもん。何がなんでも100％勝つつもりよ〜」

「もし、負けたら？」

「その時は、サーフボードの〝中身〟が火を噴くんでしょうね〜」

あのブタなら、そこまでやるだろう。

「五人ともプロ中のプロよ〜。今回ばかりはいくら和くんでも無理だと思うわ〜。キミ一人ならいくらでも生き残れるだろうけど、美術部の子たちまで守り切るのは無理〜」

「やってみなきゃわかりませんよ」

師匠は小さなため息をついた。

「ま、和くんならそう言うと思ったけどぉ〜」

「不肖（ふしょう）の弟子で、すみません」

素直に謝った。この人にはいつも迷惑のかけ通しである。

「今日、ここに来たことは瑠亜ちゃんには内緒ね〜？」

「わかってます」

「それから〝忘れ物〟をしていくけれど。それも、内緒ね〜？」

「……？」

奇妙なことを言い残して、師匠は去って行った。

地下書庫に残されたのは、師匠の髪から漂う桜の残り香（のこりが）と、そして――。

「……！」

ひとふりの、杖（つえ）。

白木でこしらえた長杖が、入り口の扉の横に置かれていた。

手にとってみる。

見た目以上にずっしりと重い。懐かしい感触だ。十傑として現役だった時、こいつに何度死地を救われたことか。

その名を――〝孤狼〟。

俺の相棒である。

◆

勝負の当日になった。

放課後、美術室に集まったのはおよそ三十名。ましろ先輩と荒田を含む全美術部員たちと、部外者である俺とブタ。そしてブタさんの護衛の氷ノ上零だ。

審査員をしてくれる美術部員たちの表情は固い。荒田が描いたブタの人物画を評価しなくてはならないのだ。下手なことを言えば、ブタの心証を悪くする。ともかく褒めて褒めて褒めちぎらなくては――そんな風に考えているのだろう。

また、少数だが、どこか白けた顔をしている部員たちもいる。これは俺に対する反応だ。「仮入部の一年が、絵で荒田に勝てるはずがない」そんな風に思っている。荒田の名声がましろ先輩の「代筆」によるものであると知っている彼らでも、素人の俺よりは上だと判断しているのだ。

「準備はいいかしら、カズ！」

ブタのしっぽのような金髪をブヒッとかきあげ、ブタさんが汚い口を開く。

「ちゃんと絵は仕上げてきたんでしょうね？　そこのブスの絵を！」

「ああ。お前の方こそ持ってきたのか？」

「とーぜんでしょっ」

ブタがアゴをしゃくると、布を巻いたカンバスを抱えた荒田興二が一歩進み出た。噂によれば、先日正式に戸籍を変えて「荒田」姓になったらしい。荒木家代々の墓碑まで彫り直したのだという。ご先祖様かわいそう。

「逃げずにやってきたのだけは褒めてやるぜ。一年」

偉そうに言い放つと、俺の隣にいるましろ先輩に目をやった。

「ましろ。オマエは本当に昔っからドンくさいよなあ。そんな一年のお守りをさせられたおかげで、オレたちを敵に回すことになるんだからよ」

「あはは……そう、だね……」

ぎこちない笑みをましろ先輩は浮かべた。

違う。

この「笑顔」じゃない。

荒田はもちろん、他の美術部員たちもわかってない。ましろ先輩の本当の笑顔は「これ」じゃないんだ。

「じゃあ、オレの絵から行くぜ。見ろ!!　この〝文武両道の天才〟荒田興二サマが描いた、るあ姫の絵を!!」

布を取って、絵を部員たちの方に見せた。

部員たちから一斉に歓声があがる。

邪悪な笑みを浮かべる金髪ブタ野郎の油絵がそこには描かれていた。なかなか力強いタッチだ。実物より断然綺麗に見える。素人の俺から見ても、荒田が本気で——心の底からブタに媚びるという歪んだ熱意を持ってこの絵を描いたことがわかる。

部員たちが口々に褒め始める。

「うわー。すてきー」

「やっぱり上手いなー。荒木……じゃなかった、荒田くん」

「ウデもあるけど、モデルがいいからだよねー」

「瑠亜さん、やっぱりかわいいー」

半ば本気、半ば演技といった感じの定型文が並ぶ。最初から打ち合わせてあったのだろう。仮に荒田の絵がド下手でも褒めちぎる準備があったはずだ。ふつーに上手くてホッとした、みたいな雰囲気もある。

「ま、とーぜんよね！　アタシがモデルなんだから！」

すっかり鼻を高くしたブタさん。ッシャッシャ！　とお馴染みの高笑い。

「さあ、次はカズの番よ！　見せてみなさいよ、そこのブスの絵を‼」

俺は頷いて画板をケースから取り出した。

「和真、くん……」

ましろ先輩が不安げなまなざしを俺に向ける。彼女にはまだ完成品を見せていない。モデルである先輩にも隠したのは、俺にひとつの企みがあるからだ。

俺の目的はブタに勝つこと。

それからもうひとつ。

素敵で可愛い先輩に、自分の魅力に気づいてもらうことだ。

画板から取り出した水彩画を披露すると、美術室は沈黙に包まれた。

「――――」

誰ひとり、言葉を発しない。

ましろ先輩も、荒田も、ブタですら、口を開くのを忘れて目を見開いている。

ただ一人、口を開いたのは、氷ノ上零だった。


「かわいい」


平坦な声で、そんな風につぶやいた。プロの護衛として、荒田の絵には目もくれずに周囲を監視していたこのマネキン少女が、俺の絵を見てそう言った。夏休みに出会った時は機械人形のようだったのに、人間らしい言葉を初めてつぶやいたのだ。

部員たちは無言である。

ただただ、水彩で描かれたましろ先輩の「本当の笑顔」を、呆けたように見つめていた。


「…………っ、や、やっぱりブスじゃん!!」


強がるように、ブタが口を開いた。

「か、カズの絵はなかなかだけど、やっぱモデルが駄目だとねえ、どーしようもないわッ!!　ねえ、みんなもそう思うでしょ⁉」

誰も頷かなかった。

媚びへつらっていた荒田ですら、絵に魅入られたように立ちすくんでいる。ひびわれた声で「昔のましろだ……」とつぶやくのがかろうじて聞こえた。

焦った部員たちをにらみつける。

「ちょっと、アンタらなんとか言いなさいよ⁉　打ち合わせを忘れたの⁉　早くカズの絵をけなして!!　ひとり一億ずつ振り込んでやったでしょうが、この恩知らず!!」

馬脚、いや、豚脚を露したな。

「これが、あたし、なの？」

ましろ先輩は、自分の頬をぺたぺた触っている。

「先輩が心から笑ってくれた時、俺にはこんな風に見えています」

「うそ、だよ。こんな可愛いわけないよ」

「可愛いですよ」

潤んでいる彼女の瞳を覗き込んだ。

「もう、リセットしてもいいんじゃないですか。幼なじみ……いや、昔の思い出を」

「!!」

「ゼロからの再スタートはつらいこともあるけど、新しい出会いもある。案外良いものですよ。〝絶縁〟って」

その時、荒田が怒鳴った。

「ふざけるな‼　てめえ、ましろに描かせたんだろう？　インチキだこんなの‼」

「いいえ。俺が描きました」

「ウソ言え！　てめえごときがこんなに上手いわけねえ！　ましろに描かせたんだろう⁉

そうに決まってる‼」

血走った目をしている。完全に取り乱していた。

「妙ですね。荒田先輩」

「何が⁉」

「その口ぶりだと、あなたもましろ先輩の力は認めてるんじゃないですか。あれだけ馬鹿にしてたくせに、おかしいじゃないですか」

「っ……」

「ましろ先輩に描かせてたのは、どちらですか？　欲と名声に溺れて、楽をすることばかり覚えて。幼なじみの優しさにつけ込んで。――恥を知れ！　クズ野郎‼」

バキィッっ、と何かが砕ける音がした。

ブタが自分の絵を床に叩きつけたのだ。

怒りに全身を震わせながら、でかい声で叫んだ。

「もういい。コロス‼　カズ以外全員コロス‼」

叫ぶなり、窓に向かって手を挙げた。

外に合図したのだ。

「全員、伏せろ‼」

俺が叫ぶのと、ガラスが割れる音がしたのは、ほとんど同時だった。

銃弾が窓から撃ち込まれる。

それは正確にましろ先輩を狙っていた。

師匠から前もって聞いていなければ、守れなかっただろう。

ブチきれたブタが外に合図すると踏んでいたから、間一髪間に合った。先輩を抱きかかえ、床を転がってかわすことができた。

「良い判断だな」

悲鳴が飛び交うなか、先輩を背中にかばいつつ、ブタに言ってやった。

「俺に対抗するには、銃で狙撃させるしかないって思ったんだろう?　確かにその通りだ。──だが、前もってスナイプされるとわかっていたら、対処法はある」

美術室を狙撃するなら、ポイントは向かいの一年生棟の視聴覚室、その隣の準備室、それから屋上。この三つしかない。最適な狙撃の角度を考えるなら、もっとも有力なのは準備室。そこから狙われるとわかっていたら、安全地帯は確保できる。

「カズ‼」

火を噴くような目でブタがにらみつけてくる。

「この瑠亜ちゃんサマより、そのブスのほうが可愛いっていうの？　そのブスを選ぶの？」

「……やれやれ」

まったく。何度も言わせるなよ――。

「ブスは、お前だ」

「！！！　コロス‼」

その声が二度目の合図だった。

目出し帽をかぶった屈強な男たちが四人、美術室になだれ込んでくる。全員が銃を構えている。「ひいいっっっ⁉」黒光りするそれを見るなり、荒田は泡を吹いて倒れた。

「全員、そっちの隅に固まってください。動かないで」

部員たちを避難させつつ、俺は四つの銃の前に身体を晒した。

「あの女をコロセ‼　カズはだめよ‼　死なない程度に痛めつけて‼」

ブタの命令に四人が頷く。

ただ、そのうちの一人が舌打ちするのが聞こえた。面倒なことを言う依頼主だと思ったのだろう。銃で死なない程度に、なんて無茶な注文だ。

そう——無茶な注文。

殺さないようにできるか不安なのは、こっちなんだよ。

「かっ、かかかか、かずま、くんっ、ここここ、これ、なに？　え、えいが？　映画だよね？　ねえ？」

俺の背中にしがみつき、すっかり怯えている先輩に声をかけた。

「守り切ってみせます。ここでじっとしててください」

さあて。

世界一可愛い女の子の笑顔を守るために。


ちょっと、本気出そうかな？

◆

美術室はしんと静まりかえった。

恐怖で声も出せない美術部員たち。

泡を吹いて気絶している荒田。

俺の背中でぶるぶる震えているましろ先輩。

ほとんどの人間が声を発することができない状態だが、ブタだけが例外である。

「コロセ！　コロセコロセコロセコロセコロセコロセ!!　そのブスコロセエエエエエエ！　あああああもううううううううううむっかつくうううううううアタシのカズをよくもよくも！　怒りが臨海学校おおおおおおおおおおおおおおおおおおおおおおおおおおおおおお！」

コサックダンスのように地団駄を踏んでいる。いちいち踊るな鬱陶しい。

護衛の氷ノ上零が下がるように手振りしても聞かない。自分でましろ先輩を絞め殺しに行きそうな気配である。

まぁ、そんな豚より――。

俺が対処すべきは、銃を構えた四人の傭兵たち。

さらに、向かいの校舎ではライフルを持った狙撃手が俺を狙っているはずだ。

五つの銃VS一人。

普通なら勝ち目はない。俺だけならさっさと白旗をあげて投降するところだ。

だが、今回は守るべき人がいる。

ありとあらゆる手を使って、この場を切り抜けて見せる。

「おい。そこのお前」

一番ノッポの男に声をかけた。

「とぼけるなよ。お前がリーダーだろう？」

目出し帽から見える青い目が微かに瞬いた。何故わかったのかと言いたげだ。

さっき舌打ちしたのはこいつだ。そこからカマをかけたのだが、どうやら図星だったらしい。運は俺に向いているようだ。

「さっきの狙撃、何故外れたと思う？」

「……」

男は無言で銃を構えている。その狙いはぴったり、俺の足元に向けられている。もし妙なマネをすれば膝を撃ち抜くつもりだろう。

「答えは簡単。事前にお前らのフォーメーションを知っていたからだ。あの狙撃手は俺の内通者だからな」

ハッ、と口元が歪むのが見えた。

見え透いたウソを言うガキめ――そんな顔である。

俺の情報は事前に知らされているのだろうが、何しろ見た目は陰キャそのものだから、警戒が薄れても無理はない。

そこが付け目だ。

やつが笑った瞬間、俺はダッシュした。

泡を吹いて倒れている荒田のところまで行き、その隣に落ちている絵を拾い上げる。

ブタの絵だ。

俺にとっては醜悪なラクガキだが——やつらにとってはどうか？

高屋敷家令嬢、今をときめく超人気アイドル、この学園一の権力者の絵である。

それを、印籠のように四人の前にかざした。

一瞬、やつらが怯(ひる)んだ表情を見せる。

なかなかの忠誠心だ。

高屋敷家の権力は、無頼(ぶらい)の傭兵たちの間にも轟(とどろ)いているらしい。馬鹿馬鹿しいことだが、今日だけは感謝しておこう。

奴(やつ)らが怯んだそのスキをついて、跳躍——。

ましろ先輩と傭兵たちを結ぶ直線を遮(さえぎ)るように、やつらが撃つより一瞬速く、俺は天井(てんじょう)近くまで跳び上がった。

銃撃をかわすためのジャンプ——それを、そのまま攻撃につなげる。

跳び蹴り！

「つぐ‼」

一人目を蹴る。

そいつのみぞおちを踏み台にしてもう一度跳んで二人目も蹴る。

さらに踏み台にして三人目も——蹴る！

「ガッ」

「アッ⁉」

声にならない悲鳴が傭兵どもから漏れる。

空中を跳びながら一瞬にして倒してのけたが、問題はここからだ。

最後の一人、青い目の男が冷静に銃を構えている。いたずらに弾を浪費せず、タイミングを計っている。俺が着地した瞬間の無防備に合わせて発砲する気だ。

そして——外からも殺気！

準備室に潜むスナイパーがこちらに狙いを付ける気配がある。見えないが、わかる。うなじがチリチリするこの感覚、命を狙われているのだ。もう、ブタの命令など頭にない。ブタの絵やましろ先輩ごと俺を撃ち殺すつもりだ。

最初からこの戦術を取られていたら、俺の命などなかった。

だが——もう、遅い。

遅いんだよ。

「────ッッ⁉」

勝利を確信していた青い目が、驚きにカッと見開かれる。

俺の姿に驚いている。

左手にブタの絵を盾として持ち、そして右手には────一本の長杖を持っている。

ただの杖ではない。

仕込み杖。

白木拵えの鞘を抜き放てば、そこから現れるのはギラリと輝く白銀の刃。


その名は〝孤狼〟。


俺の愛刀である。

こいつを、美術室の天井にあらかじめくくりつけておいた。

跳躍したのは、三人を倒すと同時に、こいつを手にするためだ。

お前が引き金を引くより、俺が相棒を振るうほうが────速い！

「ウッ⁉」

男が構えていたＳＩＧ　ＳＧ５５２の銃身を真っ二つに切断する。綺麗に輪切りにしてやった。こうなったらもう飴玉だって撃てやしない。

お次は外だ。

射撃の角度はさっきと同じ。すでに頭に入っている。そして狙うのは俺の足。ならば弾丸の軌道は――ここだ。

斬るのではなく、逸らす。

弾丸の軌道を「川の流れ」のようなイメージで捉え、その流れにそっと棹を差すような感覚で優しく差し出す。

対銃の極意「斬弾」。

猛スピードで跳ぶ弾丸はとてもデリケートだ。ほんの少しの加減で軌道が逸れる。

だから、強く打ち返すのではなく、そっと撫でるような感覚。

相棒に優しく愛撫されたライフル弾は、俺のはるか後方――壁に飾られた偉大な画家たちの肖像画に着弾した。

同時に、反撃。

俺は鞘を槍投げのように放り投げる。今の射撃で開いた窓の穴を通すように、ヒュッ、と素早く放る。向かい側校舎の準備室でライフルを構えていた男の額に命中、悲鳴がこちらまで聞こえた。

倒れている四人から、念のため銃を奪う。

すべてを終えて――ようやく俺は、ましろ先輩に微笑みかけた。

「もう大丈夫ですよ、先輩」

「何が大丈夫なの！？？！？！？！」

「………………」

めちゃくちゃ驚いていた。

ていうか、ドン引きされていた。

他の部員も似たようなものだ。口をぱくぱくさせながら、俺のことを信じられないバケモノでも見る目で見ている。

……まぁ、そりゃそうだよな。

絵で勝負だ！　とか言ってたらいきなり銃撃戦だもの。

でもまぁ、これがブタさんクオリティと思ってもらうしかないかな――。

「お、おおお、おまえ、ななな、なんなんだよ？」

いつのまにか、荒田が目を覚ましていた。

腰が抜けているようで、立ち上がることはできない。

青ざめた顔で口だけを動かしている。

「て、てめえ、なんなんだ？　何者なんだ⁉　ただの陰キャじゃないのかよ⁉」

ふむ。

問われたならば、答えよう。

最後くらい、格好をつけさせてくれ――。

「俺は、絶縁者(ノーブランド)」

ただひとり、この学園の理(ことわり)から外れた男だ。

◆

乱入劇の幕は下りた。

敗北した五人の傭兵は、高屋敷家の「おそうじ部隊」、その黒服たちによって引き取られた。氷ノ上零が連絡してくれたようだ。「ブタのお守りも大変だな」と声をかけると、「おしごとだから」という簡潔な答え。たまに口を開くと可愛いな、こいつ。

美術部員たちへの説明も黒服が行ってくれた。「これは高屋敷家が、学園祭の余興のために用意している寸劇です」「練習に付き合ってくださってありがとうございました」。部員たちはみんな「そんなわけないやろ……」みたいな顔をしていたけれど、誰も異論を挟まなかった。高屋敷家が白いと言えばカラスも白いのだ。

さて――。

肝心のブタさんはというと。

「……カズ……」

ケリがついた後も、ぷるぷる震えていた。俺をにらみつけている。いよいよ自分で戦うつもりか？　ならば受けて立つ。動物愛護団体から非難されても、しばき倒す準備がある。

「カズ。アンタの本心、わかったわ」

暑苦しい顔を近づけてきた。

やるのか？

言っておくが俺はお前を女と思っていない。男女平等パンチならぬ男ブタ平等キックを炸裂させることに躊躇いはない。

「カズってば、カズってば――」

「……」

「やっぱりアタシのこと、チョー☆絶☆愛しちゃってるのね!!」

「…………」

……こいつ、ついに妄想と現実の区別がつかなくなって…………。

「だってだって、アタシの絵をあーんな大事そうに抱えて戦うなんて！　よっぽど気に入ってくれたのねッ‼　だったら言ってくれればいいのに！　本物をいくらでも見せてあげるわよ♡　……あでも駄目！　これ、ＯＫって意味じゃないから。一線は越えちゃだめ！　結婚するまで清い体でいましょ？」

「…………」

クネクネしながら頬を赤らめるな。鬱陶しい。

ていうか。

俺、お前の絵を思いっきり弾よけにしてたんだけど……。

ブタさんズ・アイにはそんな風に映っていたのか。

勝ち誇るブタさんは、戦いの衝撃覚めやらぬましろ先輩に言い放った。

「かわいそうに。アンタってば、アタシたちの仲を深めるダシにされちゃったわね。ラブコメでいう当て馬ヒロインってやつ？　アワレｗｗｗ　負け犬ｗｗｗ　すべり台決っ定ｗｗｗ」

ひとりで滑ってろ。

まぁいい。ブタの解釈に首を突っこもうとは思わない。

夢を見るのは他人の勝手。

俺が付き合う義理はない、というだけのことさ。

◆

ひとり満足して帰っていったブタさん。

黒服たちも撤収し、部員たちも帰宅して――。

部室に残されたのは、俺とましろ先輩、そして荒田の三人だけになった。

「…………」

荒田は未だショックから立ち直れないようだ。

素人同然と侮っていた俺に絵で負けて、さらに超常バトルを目の当たりにしてしまった。オリンピックを期待される拳闘士として、己の「強さ」には並々ならぬ自信があっただろう。その鼻をへし折られたのだ。名字まで変えて媚びたブタさんは自分を置いてさっさと帰っていった。すでに用済み、というわけだ。

床に膝をつき、うなだれているその横顔からは、魂が抜け落ちているようだ。

やがて彼は立ち上がり、とぼとぼと美術室を出て行った。

このぶんだと、立ち直るには時間がかかりそうだ。

「コウちゃん……」

幼なじみの背中を見つめるましろ先輩の胸中は、複雑だろう。

元来、優しい少女(ひと)である。

俺は彼女に絶縁を勧めたけれど、そう簡単に断ち切れるものじゃないのはわかってる。幼なじみ。そう簡単になかったことにはできない。人間、すぐには変われない。俺が絶縁できたからといって、他人もそうできるとは限らない。人にはそれぞれ事情があり、背負うものがあるのだから。

「先輩。俺はこれで帰ります」

立ち尽くす先輩の肩を叩いた。

「かず、くんっ……」

彼女は切なげなまなざしで俺を見上げた。置いていかないで、ひとりにしないで、とその目が語っている。

こんな可愛い先輩を、俺だって置いていきたくはない。

このまま連れて帰ってしまいたい。

だけど——。

「これからどうするかは、先輩次第です」

「あたし、次第?」

「そうです。これっばかりは誰にも口出しできません。先輩の自由にしてください」

「自由って言われても……」

先輩は迷うようにまつげを伏せた。

「ですよね」

俺は微笑みかけた。

「自由って、良いことばかりじゃない。リスクだってある。今日みたいにわけのわからない戦いに巻き込まれることもある。命が惜しいなら、黙って飼われるままっていうのもひとつの生き方です。その方が賢いかもしれません」

だけど――。

「俺は、それでも自由が好きです。自由な人が好きです」

「……！」

「俺に絵を教えてくれて、ありがとうございました」

お礼の言葉とともに、頭を下げた。

心から感謝していると、こんな風に自然と頭が低くなるんだな――。

そのまま美術室を出て行こうとすると、シャツの裾(すそ)が弱々しく引っ張られた。

「これで、さよならなの？」

「…………」

同じ学校とはいえ、学年も違えば住む世界も違う。

マンモス校であるこの帝開、もう二度とこうして話すことはないかもしれない。

「あたしのこと、好きって言ってくれて、ありがとう」

「……」

「あたしも、かずくんのことが好きだよ」

「ありがとうございます」

ましろ先輩は、ふにゃっと微笑んだ。

「もう。そこは、『嬉しいです』って言ってほしいなぁ」

「もちろん、嬉しいですよ」

「……うそだぁ」

ましろ先輩の瞳は涙に濡(ぬ)れていた。

じっと、俺のことを見つめて。

指はまだ、シャツをつかんだままだった。

しばらくそうして見つめ合っていると、自然に距離が近づいていった。どちらからともなく歩み寄り、互いの手が互いの腰にかかった。

もう一歩距離を詰めてきたのは、彼女からだった。

俺は自分の胸で彼女の体を抱きとめて、ゆっくりと顔を近づけていった。

「……」

「……」

互いの唾液を、時間をかけて交換し合った。

甘い甘い綿菓子を、口いっぱいに頬張っているかのような、そんな時間が過ぎていった。

「ありがとうございます。先輩」

「………」

もっとおやつを欲しがる子供のような顔をしている先輩に、もう一度頭を下げて、俺は美術室を後にした。

もう、一緒に絵を描くことはないだろう。

ちょっぴり寂しいけれど——それもしかたがない。

心の中で、もう一度礼を言った。

ありがとう。

可愛い先輩。

ほんのひととき、俺に「普通の部活」を味わわせてくれて――ありがとう。

◆

翌日の昼休み。

今日のランチは、地下書庫で甘音ちゃんと。

声優業で忙しいなか、彼女が作ってくれた特製の鮭バターおにぎりをいただいている。

前に「美味しい」と言ったら、しょっちゅう作ってきてくれるようになった。食費が浮いて助かるけど、甘音ちゃんのファンが聞いたら怒り狂うだろうな……。

「じゃあ、結局美術部には入らなかったんですね」

「ああ」

今朝、美術部部長のところへ挨拶に行った。入部しないことを告げると、あからさまにホッとした顔をしていた。昨日みたいなことがあれば当然の反応……なんだけど、ちょっと傷つく。

やっぱり俺、「普通」は無理なのかな……。

ちなみに、部員がブタさんから受け取った一億円のワイロは全員返還したらしい。絵の勝負はうやむやになってしまったし、さすがに受け取れないと思ったのだろう。

「涼華会長には悪いことしたよ。せっかく部活を勧めてくれたのに」

「いいじゃないですか。部活なんかしなくって。一緒にいられる時間、減っちゃいます」

なんて言いながら、甘音ちゃんは俺の左腕を引き寄せて密着してきた。

「腕を取られてたら、おにぎり食べにくいんだけど」

「だってだって、最近全然『和真ぱわー』が足りてなかったんだもん。花火大会も、結局邪魔が入っちゃいましたし」

ぴとっ、と俺の肩に肩を寄せて。

髪から漂う甘い香りが鼻をくすぐり、唇から漏れる甘い声が耳をくすぐる。

「だから、ね？　和真くん……」

「しょうがないな」

そんな潤んだ目で見つめられると、弱い。

口の中のおにぎりを呑み込んでから、彼女のアゴを持ち上げて——。


「おじゃましまーす！」


唐突に地下書庫の扉が開いた。

入ってきたのは、ふわふわ綿菓子みたいな髪の美少女。

ほんわかとした笑みを浮かべる彼女の名は――。

「ましろ先輩？」

「はいっ、ましろですよー」

にこにこしながら歩み寄ると、密着していた俺と甘音ちゃんをぐいと分け入るように離した。

「どうしてここへ？」

「美術部、辞めてきたの！」

……え？

「あ、でも絵を描くのはやめないよ？　フリーの立場で、学園祭の展覧会に出品するつもり。で、かずくんにその絵のモデルになってもらおうと思って！」

そう言いながら、先輩は持ってきた画材入れを広げ始める。

「昨日の勝負では、かずくんがあたしの絵を描いてくれたでしょ？　だから今度は、あたしがかずくんの絵を描こうって思って」

「……なるほど」

それが、先輩の選んだ道ってわけだ。

再びドアが開いた。

今度は荒田である。

血相を変えている。

俺や甘音ちゃんには目もくれず、もつれる足でましろ先輩のところへ駆け寄った。

「まっ、ましろ待ってくれ！　美術部辞めるってマジかよ⁉」

「荒田くん、情報はやいね。もう知ってたんだ？」

答えながら、先輩は画材を準備する手を休めない。てきぱき進めていく。

「あ、荒田ってなんだよ？　やめろよ他人行儀な！　オレたち幼なじみだろ⁉」

いっぽうの荒田は必死である。

大男が媚びるような声を出して、小柄な少女にすがりついている。

「もう、あなたの絵は手伝えない。これからは自分の力で頑張って」

「ふ、ふざけるなよっ‼　お前が描かなくなったら、オレの〝文武両道の天才〟って名前はどうなるんだよ⁉」

結局、この男の本音(ほんね)はそれだった。

そんな情けない男を、ましろ先輩はじっと見つめた。

はあっ、とため息を吐き出して、それから言った。

「もうつきまとわないで。あなたと幼なじみってだけでも嫌なのにっ！」

地下書庫の湿った空気が浄化されるかと思うほど、清廉な声。

清々しいまでの〝絶縁〟であった。

言われた幼なじみ君のほうは「ああ、オレもだよ」なんて返しはしなかった。みっともなく床に尻餅をついて、「あああああ」と情けない声を出すばかりだ。

哀れな彼の肩をつかんで、立たせてやった。

「聞きましたか先輩。あなたは絶縁されたんです」

「あわわ、あわわわわわわわわわ」

「このうえは、スポーツマンらしく潔い退場を。お帰りはあちらです」

扉を指し示してやると、とぼとぼと歩き出した。

出て行く時、未練がましくまましろ先輩を振り返ったが――もう、彼女は別れた幼なじみのことなど気にも留めず、真っ白なカンバスに向かい合っていた。

これにて一件落着。

めでたし、めでたし――。


「いやいやいやいやいやいや!!　ちょ、ちょっと待ってください！」

と、異論を挟んだのは甘音ちゃん。

悠々とスケッチを始めたましろ先輩に食ってかかった。

「勝手に入ってこられたら困りますっ。ここはわたしと和真くんのお部屋なんですから！」

……え、そうだったの？

しかし、ましろ先輩は堂々としている。なんだか一皮むけたみたいだ。

「じゃあ、これからは三人のお部屋ってことで！」

「そっそんなのおかしいでしょ？」

「もう決めたもーんっ。ね、かずくーんっ」

ぎゅっ、と俺の腕を引き寄せる。

甘音ちゃんはそれを見て絶句した後、天井を仰いで叫んだ。

「ああんもおおお‼　またライバルが増えてますううううううううううっっ‼」


……ううむ。

なんか、ますます俺の周りが修羅場になってる気がするけれど。

まぁ、これも自由の代償ってやつ……なのだろうか？

#3

〈普通だから可愛すぎる彼女たちとプールに行く。〉

S-kyu gakuen no jisho "Futsu", kawaisugiru kanojyo tachi ni Guigui korarete Barebare desu.

翌日の放課後——。

地下書庫に机と椅子を持ち込んで、即席の会議室が作られた。

出席したのは、俺と、四人の少女たちだ。

それぞれがそれぞれの面持ちで、おとなしく席についている。今のところは。

「はい。それではっ」

長机を合わせて作った即席の円卓を見回して音頭を取ったのは、湊甘音ちゃんである。

「第一回〝和真くん会議〟を始めたいと思います」

「……」

なぜか、俺の名前が会議に入っている。

なぜこんなことになったのかというと——先日、綿木ましろ先輩がこの地下書庫に乱入した件でついに甘音ちゃんがブチ切れ、「状況を整理したいです！」と言い出したからである。「和真くんと関係のある子たちを集めて話し合いましょう」。そこで、仕事で欠席した胡蝶涼華会長をのぞく、俺と仲良くしてくれている女の子四人が集まったというわけだ。

話し合ってどうするのか。

何が起きるのか。

誰も知らない。

俺も知らない。

「初顔合わせの人もいますので、一人ずつ自己紹介しましょう。まず、言い出しっぺのわたしから」

出会った時からしたら考えられない堂々とした態度で、甘音ちゃんは言った。

「一年の湊甘音です。まだまだ駆け出しですけど、声優をやらせていただいています。和真くんとは、この地下書庫で出会ってからのお付き合いです。多分、この中で一番最初に和真くんと知り合ったんじゃないでしょうか？」

にこっと笑いかける。

自己紹介にさりげない自己主張を混ぜている。この積極性は彼女の成長の証……なんだけど、時々背中に冷たい汗が滴る。

次に立ち上がったのは、栗色のショートカットの少女、いや「少年」である。

「中等部三年の瀬能イサミです。演劇部に所属しています。この中では一番の若輩なので、お手柔らかにお願いします。それから——湊先輩？」

つい、と視線を甘音ちゃんに固定する。

「和にぃと一番最初に知り合ったのは、ボクですよ。小学生の時からの付き合いなので」

「瀬能くんは、男子だからカウントしてないんです」

事も無げに甘音ちゃんは言った。どうして男子だとカウントしなくていいんだ？

「ああ。それもそうですね」

いっちゃんは柔らかく微笑んだ。物わかりがいい後輩を演じている。……だが、俺は見てしまった。いっちゃんが机の下でぐっ、と拳を握るのを。「してやったり」みたいな感じ。いっちゃん、見かけによらず策士だな。

次は、亜麻色のサラサラした髪が魅力的なギャルである。

柊　彩茶。

ブタによって再度受験させられたダンス部の特待生試験にもパスして、改めてその才能を証明してみせたらしい。

「ちっす、一年の柊彩茶でーす。ダンス部で踊ってます。和真とはバイト先で仲良くなって、いろいろ教えてあげたカンジかな～。あと、ファッションのアドバイスとかもしてあげてるから、もうなんかタメだけどセンパイって感じ？　むしろセンセイ？　ともかく、そーゆー深い仲ってコトでヨロシク～」

明るくてサバサバとした挨拶なのだが——他の女の子を見つめる目はどことなく険しいモノがある。ていうか彩茶、バイトしてるの知られたくなかったはずじゃ……？

「あの時のメイドさん、あなただったんですね」

俺のバイト先に来たことがある甘音ちゃんが言った。

「道理で、なんだか和真くんに馴れ馴れしいな～って思ってました。うふふ」

「うちも、『わざわざバイト先まで顔出しに来て彼女アピールうっざっ♪』って思っちゃった。あはは」

うふふ。

あはは。

……二人とも笑ってるのに、目が笑ってない……。

「まあまあ、二人とも落ち着いてよ～」

と、のんびりした声で仲裁したのは、ふわふわ綿菓子のような白い髪の少女。

「二年の綿木ましろで～す。いろいろあって美術部を辞めて、自由にお絵かきしてます。かずくんとはつい先日知り合ったばかりだけど、愛情！はこの中で一番大きいと思いますので、みなさんよろしく～」

甘音ちゃんが声を上げた。

「綿木先輩、それは聞き捨てならないですっ。取り消してください！」

「そーよ、うちが一番に決まっててんじゃん！」

彩茶は思いっきり両腕を広げた。

「うちは、和真のこと、こ――――んくらい愛してるんだから‼」

こーんくらい、というのはその両腕の幅って意味か。

甘音ちゃんは激しく首を振って立ち上がった。

「なんですかぁそのくらいっ！　わたしなんて、こっちの壁から、あっちの壁くらいまで、そのくらい、そのくらい和真くんのこと大好きです‼」

わざわざ地下書庫の壁から壁を走ってアピールした。距離の問題なのか？

「ふふふ、二人とも可愛いなあ」

と、先輩の余裕を見せつけたのはましろ先輩。

机の上に置いていたスケッチブックを頭上に掲げて見せる。

「あたしのかずくんへの愛はね、このくらい！　地球サイズだからっ」

そこに描かれていたのは、見事な地球の絵であった。わざわざ準備していたんだろうか。

「えへへ。びじゅあるの勝利～！　ましろちゃんの勝ち～！」

「勝ちじゃないっしょ⁉　なに勝手なこと言ってるのよセンパイ！」

「そうですよ！　そういうこと言うなら、わたしだって〝声の大きさ〟で愛情を示します！　和真くん、大好き――――――――っっっっ‼」

書庫の壁が震える声量である。さすが声優。

ていうか、それ以上に目力(めぢから)がヤバイ。

「なら、うちだって踊っちゃうから！」

彩茶は制服のスカートをふわっと翻(ひるがえ)し、両手を羽根のように広げて軽やかなステップを刻む。なにこれ、求愛ダンス？　俺と目が合うたびにウインクする。彩茶らしい情熱的な踊りだった。

……なんか、異種格闘技戦みたいになってきているぞ。

この場合は異種恋愛戦、いやまあ、単にひとこと「修羅場」でいい気もするけど。

「書庫で踊らないでください柊さん！　ホコリが立つじゃないですか！」

「湊さんこそデカイ声で叫ばないでよっ、迷惑じゃん！」

「まーまー二人とも落ち着いて？　ここは先輩のあたしの顔をたてようよ～？」

「先輩でも和真くんは譲れません！」

「そーよ！　うちだってバイト先じゃ和真の『センパイ』なんだからねっ！」

うーん……。

いつのまにやら「誰が一番俺を好きか会議」になっているな……。

「まあまあ、落ち着いてください先輩方」

そんな風に言ったのは、いっちゃんである。

ただひとり余裕の表情なのは「自分は警戒されていない」という強みか。ちゃっかり俺の隣をキープして、肩をくっつけている。

「和にぃが困ってますよ。言い争いはやめて、穏やかに話しましょうよ？」

一番年下の中学生にそう言われたのでは、三人も立つ瀬がない。バツが悪そうにしながらおとなしく席に座り直した。

いっちゃんが、俺にだけ聞こえる声で言う。

「えへへ。ボクのことみんな女の子だって知らないもんね。ノーマークノーマーク♪」

果敢にゴールを狙うFW（フォワード）のような発言。

「いっちゃん、何企（たくら）んでるんだ？」

「ん。和にぃを独り占めすること♪　だって、このなかで一番和にぃを愛してるのはボクだもんっ」

すごい自信である。

「ちなみに、その根拠は？」

「〝いっちゃん〟だから、いっちばーん♪　えへへっ。だいすき、和にぃっ」

ただのダジャレじゃないか。

俺は咳払（せきばら）いした。

「ともかく、ケンカはやめよう。俺たち、仲間じゃないか」

「仲間？」

きょとん、とする四人の顔を見回して俺は言った。

「俺たちは、ここにいない涼華会長も含めて、このS級学園の女王——高屋敷瑠亜と、なんらかの形で敵対している。この学園では圧倒的マイノリティってわけだ」

四人ははっとした表情になった。

甘音ちゃんも彩茶もましろ先輩も、おそらくブタさんの「殺すリスト」に入れられている。俺に近づく女は容赦しない、それがやつのスタンスだからだ。

男子と思われているいっちゃんは例外——と言いたいところだが、いつ正体がばれてもおかしくない。なにしろ相手は帝開グループ、本気で調べられたらすぐにわかってしまうだろう。

「……確かに、わたしは瑠亜さんの恨みを買ってますね」

「うちも、るあ姫の力で和真と別のクラスにされちゃったしなー」

「ボクも気をつけたほうがいいかなぁ」

「あたしも、今度こそ撃ち殺されちゃうかも〜」

不安げな表情になる四人に、俺は言った。

「みんなのことは俺が守る。そこは安心してくれていい。ただ、ここにいない涼華会長も含めてケンカばかりしていたら、ブタの思うツボだろう？　それに——」

俺はもう一度四人の顔を見回した。

「俺の大好きなみんなが、ケンカしているのを見るのは悲しい。みんなはずっと孤独だった俺にようやくできた仲間なんだ。だからできるだけ、仲良くして欲しい」

四人の少女はお互いに顔を見合わせた。

「仲間、ですかぁ」

「ライバルでもあるけどー、みたいな？」

「仲良くした方がいいのは、和にぃの言う通りですよ」

「ケンカばっかかじゃ疲れるのは、たしかだね～」

四人とも納得してくれたらしい。

よかった……。

俺にとって一番嫌なのは、可愛すぎる彼女たちがケンカしてバラバラになってしまうことだ。ブタのおかげで団結することができるのだとしたら有り難い。もちろん、感謝などしないが……。

こうして「和真くん会議」は、ひとまず幕を閉じたのである。

◆

九月末。

そろそろ女子の制服がブラウスからブレザーへと移り変わる頃となった。

連日マスコミを賑わすＪＫ社長、胡蝶涼華さんはこう言った。

「結局、美術部はあなたには合わなかったみたいね……」

「すみません。せっかく紹介してもらったのに」


生徒会室に呼び出されて、二人きりで話している。

用件はもちろん、先日の美術部仮入部の件についてだ。

皮肉のきいた口調だった。

「美術部の部長から、おおよその話は聞いたわ。大変な〝ご活躍〟だったそうね？」

「瑠亜さんが手引きした武装テロリストたちを叩き伏せたって聞いたわ。高屋敷家の権力には今更驚かないけれど、あなたも相当な『実力』を持っているようね。何か、特殊な軍事訓練でも受けていたの？」

「ええ、まぁ」

「……そうよね。あの瑠亜さんの側近だったんだものね」

高屋敷家なら、帝開グループならなんでもあり。非合法な組織と手を組んでいても不思議はないという口ぶりだった。会長は会長で、帝開の「裏の顔」をいろいろなルートから知っているのだろう。

「ま、それは置いておくとして――」

会長はタイツに包まれた脚を組み替えた。その振る舞いは大人の女性そのものだが、身につけているのは女子高生らしい短いスカート。わざとやってるのだとしたら、目のやり場に困るからやめて欲しい。

「あの綿木ましろさんが、美術部をやめて地下書庫に入り浸ってるとか。それからダンス部の柊彩茶さんまで」

その声には棘が含まれていた。

「私、あなたが普通の学園生活を送る手助けはするけれど、新しい彼女をゲットすることを推奨した覚えはないわよ？」

「いや、別にそういうつもりじゃ……」

言い訳しようとして、やめた。

会長は何かと頼りない俺のことを心配してくれているのだ。ここは頭を下げるしかない。

しばらく沈黙があった。

会長は軽く首を振って銀髪を揺らした後、唐突に言った。

「和真君。プールに行きましょう」

「プール？」

「夏休み前に約束したでしょう？」

「もう秋なのに？」

「ええ、秋なのに」

不機嫌な表情を収めて、鮮やかな赤の唇で笑みを作る。

「秋に泳いじゃいけないって法律も校則もないでしょう？　暑ければ、構わず泳げばいいのよ」

「今日の最高気温は十七度で、別に暑いってほどじゃないですが」

「もう……和真君？」

今度は子供みたいに唇を尖らせる。

唇と同じ赤で塗られたネイルが、つんと俺の胸を突いた。

「それは、私の水着姿を見たくない――ということ？」

俺は返答に詰まった。

こういう時、なんて答えるのが普通なんだろう。

誘ってもらっているんだから、素直に喜べばいいのだろうけれど――。

高校生男子の素直な欲求を口にするのも、失礼な気がする。

「会長の水着姿を見たくない男子なんて、この帝開学園にはいないと思いますよ」

「他の男子の話はしてないの。あなたの話をしてるのよ。一年一組鈴木和真君」

しまった。怒らせたか。

まったく女の子の扱いに慣れてない俺。経験値の少なさが出てしまう。小学校中学校と、女子と話した回数なんて数えるほどしかなかったんだから。

「――見たいです」

観念して、本音を話した。

「会長はスタイル抜群ですから。水着姿もきっと素敵なんだろうなと思います。一緒にプールに行って、泳いだり遊んだりしながら、一日じゅう見ていたいです」

「……ん。合格」

会長は視線を横に泳がせた。

目元がほんのりと赤い。

「決まりね。いつがいい？」

「俺はいつも暇ですから。忙しい会長に合わせます」

学園では生徒会長、それ以外ではベンチャー企業社長という胡蝶涼華は、日本でも指折りの「多忙な女子高生」だ。時給換算でも数百万を稼ぐ人が、俺のためにその貴重な時間を割いてくれる。

「いきなり明日でもいいの？」

「土曜ですからね。もちろん構いません」

「じゃあ、明日午前十一時、『プリンセス・プール』の入り口前で。遅れたら駄目よ」

念を押すように言うと、会長はふいに背伸びをした。

ブレザーの中で窮屈そうにしている大きな大きなふくらみが、俺の胸に当たって甘くはじける。

顔が近づく。

突然の零距離攻撃。

いや、〝口撃〟である。

「……」

「……」

濡(ぬ)れた音とともに、俺の唇にはルージュの跡が残った。

「まずいですよ会長。学校で」

会長は潤んだ目で言った。

「遠慮も手加減もしていられないわ。何しろ、ライバルが多いんだから。この前の集まりには、顔を出せなかったし……。正直不安だったわ。私のいないところで、あなたの彼女が決まってしまうんじゃないかって」

先日の「和真くん会議」に欠席したぶんを取り返そう、ということなのか。

「ライバル四人とも、規格外と言って良いほど魅力的だものね。私もうかうかしていられないってわけ」

「四人？　三人では？」

甘音ちゃん。彩茶。ましろ先輩。

これで三人。

会長はいっちゃんが女子であることは知らないから、まさかライバルにはカウントしてないだろう。

「いいえ四人よ。湊さん、柊さん、綿木さん。それから——高屋敷瑠亜さん」

「ああ、なんだ」

人間の名前に交じってブタの名前が出てきたので、拍子抜けした。

アレをカウントしてたわけか。

さすが会長、人間もブタも平等に扱うってわけだ。ＳＤＧｓに対する意識が高い……いや、関係ないか？

「あいつとは、もう絶縁してますから」

「それは、知っているけど」

会長の顔は晴れない。

あのブタが、まだ俺に粘着していることを知っているからだ。

「瑠亜さんは今をときめく超人気アイドル。しかも世界有数の資産家である高屋敷泰造氏の孫娘。どんな理不尽なわがままも通してしまえる〝女王〟なのよ。特にこの帝開学園では」

確かにそれは事実である。

瑠亜とそのバックにいる高屋敷泰造の権力は絶大なものがある。

時の総理ですら、頭があがらない。

この国で、あのジジイとブタに逆らって生きていける者はいないだろう。

「瑠亜さんは、どんな手を使ってもあなたを取り戻すつもりよ。高屋敷家の権力と暴力をフルに使って、それこそ——人を殺してでも。そのくらいの執念を感じるわ。同じ女だからこそ、わかるのよ」

「そうかもしれませんね」

会長の勘は当たっている。

確かにあのブタは、俺を取り戻すためならば、人のひとりやふたり平気で殺すだろう。

事実、彩茶とましろ先輩は、ブタの手下に殺されかけている。

しかし——。

「俺とあいつは、もう絶縁してますから」

重ねて俺は言った。

「どこに現れようと徹底的に無視するだけです。たとえあいつがどれだけ俺に執着していようと、どんな汚い手を使って来ようとね。それでも会長たちに手を出すというなら、容赦はしない。迎え撃って、叩き潰して、思い知らせるまでです。『普通』に生きるために」

幼い頃から、ずっと瑠亜の奴隷に甘んじていた俺。

普通に生きることすら、許されなかった俺。

もう、あの頃に戻るつもりはない。

◆

プリンセス・プール。

近隣地域で最大の規模を誇るレジャープールである。

夏はもちろん、ガラス張りドーム付きの巨大温水プールを備えているため真冬でも楽しめる。休日となれば、四季問わず家族連れやカップルで賑わう場所だ。

ここに来るのは、小学生の時に母さんに連れてきてもらって以来だ。

友達と来たことはない。

ぼっちだったから。

彼女と来たことも、ない。

モテなかったから。

そんな俺が、涼華会長みたいな超美人と、二人きりで行けるなんて。

嬉しい。

が——正直、実感がわかないというのが本音だ。

宝くじ一等に当選した庶民って、こんな心境なんだろうな。

心がソワソワと浮き立って、ベッドに入ってもなかなか眠れず、スマホでプールの公式サイトを三回も熟読してしまった。

——ふう。

女の子と二人きりで、プール。

学校の「上級」連中みたいに上手くエスコートはできないだろうけれど、せめて「普通」に振る舞わなくては。

◆

翌日。

そんな俺の願いは、むなしく、打ち砕かれてしまった。

二人きりでは、なかったのである——。

◆

待ち合わせ場所のプール入場口は、修羅場だった。

今日は涼華会長と二人で遊ぶ予定であり、他には誰も来ない。

そもそも行くことさえ知られてない。

そのはずだった。

ところが、まさかの――。


「プールなんてひさしぶりだなぁ。夏は忙しくって、ほとんどお休みなかったから」

一人目は「あまにゃん」こと、湊甘音ちゃん。

今日はピンクのワンピース。伊達メガネをかけて、軽く変装している。さすが人気急上昇中の声優。だけど、その可愛さまでは隠しきれない。メガネのおかげでかえって清楚な真面目さが強調されてしまい、ちらちらと横目で見ていく男の多いこと。

「甘音ちゃん。何故ここに？」

「なぜ？　うふふ。なぜでしょう？」

「……泳ぎたかったから？」

「ぶぶー。ふせーかーい。『和真くんと二人で♪』が抜けてます♪」

なんて、正面から抱きついてくる。積極的すぎるアプローチに、周りの男たちの視線がいっせいに険しくなった。

そして二人目、「いっちゃん」こと瀬能イサミ。

「和にぃ、ボクに内緒でズルいよ！　予定なんかいくらでも空けたのに！」

ショートパンツにTシャツ、ウインドブレーカーというラフな服装。ユニセックスなコーディネイトのせいで、ぱっと見では男子か女子かわからない。いずれにせよハッとするほどの美形なので、男に加えて女性の視線も集めてしまっている。

「別に内緒にしてたわけじゃないんだが」

「だーめ。バツとして、今日はボクと一番一緒に遊ぶことっ。いいよねっ？」

背中にぎゅっ、としがみついてくる。サラシで隠された胸を押し当ててるようにしてくるのは、いっちゃんがHだから——ではない。はしたない女性を俺は尊敬しない。「ボクも女の子なんだよ？」「忘れちゃヤダよ？」というアプローチだということはわかる。

とはいえ、身動きが取れないのは困るんだが……。

さらに三人目。「昼はギャル、夜はメイド」の柊彩茶。

俺の右腕を強く引き寄せ、大きな瞳で上目遣い(うわめづか)に見つめてくる。

「ううう。和真っ、うちにナイショで泳ごうとしたの？　ねえねえ、泳ごうとしたのっ？　ヨヨヨヨ～」

「ヨヨヨ～と言われても……」

お尻まで隠れる超ビッグシルエットのパーカーから、ダンスで鍛えたカッコイイ素足が伸びている。亜麻色の長い髪は今日もサラッサラ。うーん、イケてる。俺みたいな陰キャが直視すると目が潰れそう。「チッ」「チッ」「チッ」。陽キャ男どもの舌打ちがあちこちから聞こえてきた。

――やれやれ、参ったな。

頭を掻(か)こうとした俺の左腕をつかんだのは、胡蝶涼華会長である。

胸元が大きく開いたノースリーブのシャツにピタッとしたスキニーデニムのおかげで、深い胸の谷間や豊満なお尻のラインが惜しげもなく晒(さら)されている。サングラスをかけたそのルックスは、もう完全に大人の女性。周りからは舌打ちすら起きず、ただただ見とれる男たちばかりだった。

「和真君、これはいったいどういうこと？」

「それはこっちが聞きたいです」

会長の切れ長の目が逆三角形に吊り上がってる。

そりゃ怒るよな。

「まさか、綿木さんも来てるんじゃないでしょうね？」

「そういえば、ましろ先輩がいませんね」

甘音ちゃんたちが勢揃いしているのに、彼女だけいないのは不自然に思える。

その時、俺のスマホが着信音を鳴らした。

噂をすれば、ましろ先輩からのメッセージだった。


『今日、デートなんでしょ？』

『会長のSNSを見てぴーんときたもん！』

『ずるーい！　あたしもいきたーい！』

『って思ったけど、どうしてもはずせない用事があるの。しくしく』

『かわりに、三人のシカクに連絡しておいたからっ』

『胡蝶せんぱいに言っといてね。ぬけがけダメ、ゼッタイ！』

『ましろ♡』

メッセージには画像がついていた。

カラオケボックスのようなところで、たくさんのスイーツと美術部のみなさんに囲まれて、投げキッスしてる先輩の顔だった。なにかの打ち上げらしい。先日、美術部には迷惑をかけてしまったけど、楽しくやってるようで安心した。

「会長、ＳＮＳに何か書きましたか？」

「ええ。大事なひとと泳ぐ約束をした、みたいなことを。……えっ。まさかそれだけで？」

「ましろ先輩、鋭いですからね」

「迂闊（うかつ）だったわ」

天を仰（あお）ぎながらも、会長は俺の左腕を離してくれない。

そして、それは他の三人も同じである。

正面に甘音ちゃん。

背中にいっちゃん。

右腕に彩茶。

左腕に会長。

こういうの「四面楚歌（しめんそか）」っていうんだっけ？　いや「四女楚歌」？

あるいは、世界一柔らかくていい匂いのする、押しくらまんじゅう。

さすがに周囲の視線がやばくなってきた。

四人が四人とも「S級」の美少女、それを俺ひとりで独占しているのだ。

今日は休日だけあって、ナンパ目的のガラが悪そうな男たちも入り口に多くたむろしている。彼らの俺を見る視線はもう、殺意がこもっている。いつ絡まれても不思議じゃない。

トラブルになる前に、移動すべきか。

「甘音ちゃん。会長。いっちゃん。彩茶」

「はいっ！」

「何？」

「どうしたの？」

「放せって言われても放さないから！」

わがままを言う彩茶に、俺は言った。

「いや、その逆」

「へっ？」

「四人ともしっかりつかまって——離れるなよ」

地面を蹴った。

まずは、軽い跳躍。

すぐそばのブロック塀の上に乗っかる。

さらに跳躍。

今度は街灯、そのフードの上に着地する。

ナンパ男たちが、あんぐりと、大口を開けて見上げている。彼らの扁桃腺や、虫歯まで
も、この位置からだとよく見える。

さらにさらに――大跳躍。

四人の可愛い彼女たちが舌を噛まないよう、対空時間を長めにとるふわりと浮き上がる
ようなジャンプを心がけた。

入場口の屋根を飛び越えて――。

途中、植えてあった松の木を二回蹴って、落下の衝撃を吸収させる。

しゅた、っと。

レジャープールの敷地内に着地する。

はい、入場成功。

「…………」

「…………」

「…………」

「…………」

ぽかんとする四人から、ようやく俺は逃れることができた。

甘音ちゃんが目を何度もぱちくり、ぱちくりさせている。伊達メガネのおかげで見慣れた表情が新鮮。可愛い。

「かっ和真くん、今のどうやったんですか？」

「跳んだ」

「跳んだ⁉　あんなに高く跳べるものなんですか⁉　入場口飛び越えて⁉　四人を抱えて⁉」

「うん」

「お、重くなかったですか⁉」

「重いとかより、四人に密着されてドキドキしたかな」

そちらのほうが、彼女なし陰キャにとっては深刻な問題である。

さて、と――。

出口のほうへ向かって歩き始めた俺のことを、会長があわてたように呼び止める。

「ど、どこ行くの？　そっちは出口よ」

「知ってます」

シュンとしたように彩茶が言う。

「ゴメン和真、怒った？　うちら、やりすぎ？」

「えっ？　……いやいや、そうじゃなくて」

俺は頭をかきながら、財布を出した。

「入場料、払ってこなきゃ」

◆

入場口の列に並んでチケットを買い、敷地内に入り直した。

外でも結構待たされたが、ここでも長い列ができている。

屋内プールへと続くスロープに、ぎっしりと人が並んでいる。

「うぇー。なんでこんな混んでんの？　なんかあるの今日？」

「おかしいわね。イベントの類は何もなかったはずなんだけど」

彩茶と涼華会長が困惑していると、ウンウン頑張って背伸びして遠くを見ていた甘音ちゃんが言った。

「あれ、清原(きよはら)三兄弟じゃないですか？　格闘家ヨウチューバーの」

列の彼方(かなた)に、黒い人だかりができている。

日焼けしたゴツイ男と、派手なメイクをした女たち。

深夜、ド〇・キホ〇テの二階に行くと出会えるタイプの人種ばかり集まっていた。

その中心にいるのは、人垣から頭一つ突き出た大男の三人組である。

「有名な人なの？」

「ええ。チャンネル登録者が二百万人以上いて、テレビにもよく出てますけど、聞いたことないですか？」

「………」

なかった。

清原って言われても、番長しか思い浮かばない。

やっぱり、こういう流行の話題を知らないのって「普通」じゃないよな……。

恥ずかしい。

「ごめん知らない。教えてくれないか？」

甘音ちゃんは嫌な顔ひとつせず教えてくれた。

「総合格闘チャンピオンの清原超星(すたー)さん、ボクシング日本チャンピオンの楽月(らっきー)さん、学生柔道日本一の真陽(さにー)さんの兄弟で、全員プロの格闘家なんです」

「芸人みたいな名前だけど、本名なのか？」

「あはは、たぶん。今、日本で一番強い兄弟って言われてて、ヨウチューブで本当のケンカみたいな試合をよくやってますよ」

「ハイハイ！　ウチも見たことある！　リングでぼっこんぼっこん殴り合ったりして、ヤバイんだよねー」

流行(はや)り物は押さえるギャル様が知っているというのなら、人気なんだろう。

　ぼっこんぼっこんって、彩茶が言うとなんだか可愛らしく思えるが――。

「ヨウチューブってすごいんだな。ケンカを配信しても怒られないのか」

「いちおうグローブつけて、ルールも決めて戦ってるみたいですよ」

「……なるほどね」

　そりゃそうか。

　ガチの実戦なんて、ネット配信できるはずがない。

　格闘技観戦が趣味の人だって、目がくりぬかれたり睾丸(こうがん)が潰れたりするシーンを見たくはないだろう。

「それにしても甘音ちゃん、詳しいんだな」

「清原兄弟さんは帝開芸能事務所所属で、わたしが元いたテイカイミュージックと同じ系列ですから。一度だけ事務所で見かけたことありますけど、すごい迫力で。思わずトイレに隠れちゃいました」

「ふうん」

　確かに、遠目にもギラギラしているのがわかる。

　キラキラではなく、ギラギラ。

陰キャ・陽キャの区分とは別次元。

反社・アウトローな人種だった。

「怖いな。なるべく近づかないようにしようか」

涼華会長は目を丸くした。

「和真君が怖がるなんて相当ね。そんなに強いの？　あの三人」

甘音ちゃんが答える。

「三人とも小さい頃から格闘技ひとすじで、ケンカでも負けたことがないそうですよ。プロデビューしてからも、ずっと負けなし」

「じゃあ無敗ってこと？　すごいわね」

確かにすごいが――。

俺が「怖い」といったのは、その兄弟に対してではない。

「帝開」の名前が出てきたからだ。

まさか、とは思うけれど。

プールであのブタと出くわすようなことに、ならなきゃいいんだが。

◆

この時の俺には、知るよしもないことだが——。

昨日の夕方、こんな動画が投稿されていたらしい。

【ほぼ毎日投稿】るあ姫様が斬る！　～わきまえなさいッ～✔

チャンネル登録者数113万人

『どもども～ども～んかーっしゅ♪』

『ゲーノーカイにあきたらず配信界でもチョーシこかせていただいておりますぅ～』

『〝るあ姫〟こと高屋敷瑠亜どえっす！』

『いきなりビッグニュースのおしらせデース‼』

『え？　ナニナニ？　ニュースとおしらせで意味かぶってる？』

『ブフフ。こざかしいことゆってると、お爺さまに通報してBAN♪しちゃうゾ？　生命的にっ♪』

『イベントのおしらせなのですババーン！』

『とーとつですが、アタシ、単独ライブやっちゃいます！』

『日時は明日！　お昼くらいから！』

『場所は市内のプリンセス・プール！』

『もちろんアタシは水着♡で歌って踊っちゃうから、スケベどもはおたのしみにぃ～♡』

『……え？　ナニ？』

『なんでいきなり明日なのか、って？』

『んーそれがねぇ』

『ホラ、前から話してるアタシの親友〝カズコ〟っているじゃん？』

『そのカズコがね、明日、アタシ以外の〝友達〟とプールに行くらしくってさぁ』

『ちょっとアタシ誘われてないわよプンプンッ！　って、チョットるあ姫「おこ」なわけ』

『だからアタシちょっぴりシット深いかも？』

『最近のアタシも遊びにいって、驚かせてあげようかなーって』

『あぅ～んユルシてぇ～ん♡』

『……ふざけんじゃないわよ……あのメスガキども……』

『……よってたかってアタシのカズにサカりやがって……』

『……トップアイドルであるアタシとの差を、見せつけてやるんだから……』

『ってなわけで、明日のプールにおムネふくらみちゅうのるあ姫でした！』
『まったねーん！』

【コメント欄　910】
ドドンガドン・1分前
姫さまのみじゅぎぃぃ～絶対みりゅぅぅ～。
るあ様のしもべ8号・1分前
明日wwwwwちょwwwwwいきなりwwwwww
暖気ホーテ・1分前
ゲリラライブ的な？
シルヴァーナ公爵・1分前
カズコちゃん、もっと瑠亜ちゃんに構ってあげないとさぁ。
真織・1分前

途中の独り言、なんて言ってんの？

れんちょん・1分前
祭りが起きそうな予感！

レンドー・1分前
最近、ももちーからるあ姫に乗り換えました！　姫様かわいすぎ！

◆

二十分ほど並んで、ようやくプールのあるドーム内に入ることができた。

俺といっちゃんは男子更衣室を出て、売店近くのパラソルの下に座る。他の三人とはここで待ち合わせすることになっている。女の子は男より着替えに時間がかかるのだ。

今日はよく晴れている。透明な天井（てんじょう）から、雲ひとつない青空と太陽が拝める。ガラス張りのドームになっているおかげで、室温は汗が噴き出さない程度の暑さに保たれていた。

気分は真夏。

ぱーっと裸になりたいところだけど、水の中に入るまでパーカーは脱げない。俺には人前で脱げない理由があり、体育の時もこそこそ壁を背にして着替えている。彩茶には一度、見られてしまっているけれど。

　その悩みは「彼」も同じである。


「ぶー。つまんないなー。ボクも和にぃと泳ぎたいなー」

　着替えなかったいっちゃんは、俺のそばにくっついてぶつぶつ言ってる。こてん、と頭を俺の肩に乗っけてくる。他の三人がいないうちに、思う存分甘えようってことらしい。

「それは承知でついてきたんだろう？」

「だってセンパイたちに先越されるの、不安だし」

　瀬能家は歴史のある古い家柄である。

　逆子(さかご)で生まれた女子は、十八歳までは男子として生きねばならない。さもなくば一族全体に不幸が降りかかる――みたいな話を、以前聞かされた。そういう迷信に従わなきゃいけないのが、演劇部の花形スター・瀬能イサミの悩みだった。

「実はね、和にぃ。この下は水着なんだよ」

「ふうん」

　視線をやると、ウインドブレーカーを羽織ったTシャツ越しに、うっすらと水色の生地(きじ)

が見えた。

「まぁ、最近は男性用のブラジャーもあるっていうしな」

「水着だってば、もう！」

衣服がオーバーサイズなせいで、ぱっと見はその見事なふくらみがわからないけれど
——こうして密着すれば、当然、伝わってしまう。

「ねぇ、和にぃ？」

いっちゃんは俺の右腕を引き寄せると、そのセンシティブな水色をぷにっと押しつけた。

「センパイたちが来るまで、誰もいないところに行こ？」

「…………」

「泳げないなら、せめて、水着見て欲しいよ。……お願い」

そんな切なげな表情をされると、水着でなくとも、女の子だと周りにバレてしまいそうなんだが。

「わかったよ。行こうか」

「……えへへ。和にぃだーいすきっ」

見た目男同士で腕を組んで歩き出した。周りからじろじろ見られてしまうけど、そういうカップルということで良いだろう。偏見なしの普通（スタンダード）を世間に示しているだけ——と、自分に言い聞かせる。

プールサイドを歩いていると、南側にある人だかりから、大きな歓声が沸き起こった。

「あそこ、なんだろう」

「野外ステージみたいだね。イベントとかやってるのかな？」

アイドルのライブか？　もしくはダンスか？

それにしては、音楽が鳴っていない。

代わりに聞こえるのは「シッ！」「シッ！」と息を吐き出す音と、革が擦れる音、そして肉が肉を叩くような打撃音だった。

まあ、つまりボクシングジムやフルコン空手の道場みたいな音がしているわけで——。

「例の清原っていう兄弟かな。動画撮ってるのか」

「いいから、行こ？」

その時、いっちゃんの肩が前から歩いてきた男の肩にぶつかった。

「ごめんなさい！」

謝ったいっちゃんの表情に怯（おび）えが走った。

目の前にいたのは、今話に出たばかりの清原三兄弟、その一人だった。

背の高さからして、おそらく三男だ。

「あら残念。興味ないかな、オレらのこと」

甲高い声だった。

茶色に染めたパンチパーマ。

日焼けした素肌に無造作に羽織った柄シャツ。

高価そうなネックレス。

典型的な「深夜のド○キにたくさんいる人」なのだが、体格が非凡である。

異様に太い首。

ゴツゴツした耳と、低く潰れた鼻。

顔には無数の傷がある。

にっと笑った唇から覗く前歯が不自然に白い。

部活やスポーツで格闘技をやっていても、こうはならない。

格闘技を「職業」としてやりこんだ人間の貌だった。

両脇にはグラビアアイドルみたいな二人の女性を連れて——いや、従えている。あざとすぎる紐のようなビキニからは、色気よりも下品さを感じる。そういう女性を、アクセサリー代わりにぶらさげる男のようだ。

「オレは興味あるんだけどなぁ。君のこと」

「えっ？　あ、あの……ボク、男なんで」

苦笑いしながら後ずさろうとしたいっちゃんに手が伸びて、Ｔシャツの衿をつかんだ。

「キャッ！」

その悲鳴は、まぎれもなく、か弱い女の子のもの。

シャツがひっぱられたせいで、水色に彩られた深い谷間が曝け出される。

「へへ……。そのでけー胸で、ボクオトコノコデスーは無理があんだろ。なあ、オレらの動画出てみたくない？　芸能界にもコネあるから。な？」

ニタニタ笑いながら、今度はいっちゃんの手首をつかもうとする。

……はあ。

しょうがないな。

「おっ？　カノジョを守るナイトくん登場？」

おどけたように三男は言った。「こわーい、殴んないでぇー」。頭を抱える仕草をする。

グラビア女二人が、大きな声で笑った。

殴るなんてとんでもない。

人気者らしいんで、握手してもらうだけさ。

俺は無造作に右手を突き出す。

男は、俺の手を払う。

パリング――。

格闘では基本中の基本だ。

路上のケンカでは大げさな動きで「かわす」輩が多いが、かえってスキができたり、転んだりする。相手の打撃は「いなす」「払う」のが基本。職業格闘家らしい、手堅い動きだった。

だが、パリィするということは、手と手が触れるということだ。

俺には、それで十分。

「つぐぅ⁉」

男の手首をつかむ。

男は当然、振りほどこうと、引っ張る。

その、人体に元来備わっている反射に「合」わせて、「気」を送り込む。

合気。

「おっ、重(おも)っ⁉」

男の膝(ひざ)が地面につく。

そりゃ重いだろうな。

両肩に、俺とあんたの体重が、まとめて乗っかっているようなものだから。

普通の相手なら、これで終わらせるところだけど——。

あんたは、駄目だ。

いっちゃんを怖がらせ、彼女の秘密を覗いた罪は「重い」。
まだまだ。
男は前のめりに倒れ、受け身をとることもできず、アゴをコンクリートにぶつけた。
さらに気を送り込む。
「っ、がふ！」
「がふっ、がががふふふふふふふふふふふふふ！」
手負いの犬のような唸り声とともに、ぽたぽた、よだれが落ちる。
アゴの肉が地面の上でひしゃげる。
前歯がガリッとコンクリートを噛む。
手首の関節が曲がっちゃいけない方向に折れ曲がっていく。
もう少し「気」を入れたら、格闘家はしばらく休業、二週間ほど左利き生活。
——と、いうところで、パッと手を放した。
「ぐあう」
清原三男は地面に這いつくばったまま、ぜえぜえと息をしている。
地面には染み出した汗がじわりと広がっていった。
……ふむ。
これで今日はおとなしくしているだろう。

「行こう。いっちゃん」

「う、うんっ」

いっちゃんの手を取って（もちろん普通に）、歩き出す。

呆然と突っ立っていたグラビア女優二人が、あわてたように道を開ける。彼を助けたり介抱したりする様子はない。「アクセサリー」はそんなことをしない。異性を惹きつけるといっても、その中身はいろいろらしい。

地べたから声がした。

「てめえ覚えてろ。兄貴たちにチクるからな」

「……」

なぜこの手の人種は、いつも同じ台詞しか言わないのだろう。「覚えてろ」。そんなに記憶力が悪いと思われてるのだろうか？


——実はその通り。

最近、物忘れが激しくて。

脳のメモリがもったいないから、秒で忘れた。

◆

しばらく歩いたところで、いっちゃんがぎゅっと俺の腕にしがみついてきた。膝がプルプルしている。怖かったのだろう。

肩を優しく叩くと、甘えるように柔らかい体をすり寄せてきた。

触れ合った肌から、じんわりと甘い熱が伝わる。

誰かさんの言い草じゃないけど、この体で女の子は確かに無理があるな……。

「和にぃの〝合気〟ひさしぶりに見た。鳴神流道場にいた頃より、すごくなってるね。プロの格闘家にも通用しちゃうんだ」

「いろいろあったからな」

別に望みもしないのに。

プールでパーカーも気軽に脱げないような体験を、肉体に刻まれたのだ。

あのブタとその一族に。

「もうセンパイたち来ちゃうね。水着、見てもらいたかったのになぁ」

「さっき、見せてもらったよ」

それが、あの意味のない小競り合い(こぜあ)の唯一の成果だ。

「爽やかな水色で、いっちゃんのイメージにぴったりだった。似合ってる」

「あ、あんな形で見られても嬉しくないよぉ！」

顔を真っ赤にしたいっちゃんが指で俺の脇腹をつつく。痛い痛い。さっきの攻撃なんかより、こっちのほうがよほど強烈だ。

と、その時――。


ひとりの女の子が、俺たちの前に立ち塞がった。


桃色の長い髪の少女だ。

歳はたぶん、俺と変わらない。

ベースボールキャップをかぶっているが、そのかぶりかたが、陰キャの俺には魔法にしか見えないくらいイケてる。

腰の位置が高い。

すらりとして、かつ、嫋やかな体。

女性らしいふくらみにも恵まれている。

つまり抜群のスタイルということなのだが――。

おかしなことに、彼女はTシャツにミニスカート姿だった。

ここはプールである。

俺やいっちゃんのように、水着の上から何か羽織っている人は大勢いるが、服のままというのは珍しい。

「どこ行くのよ」

天使のような容姿とは真逆の、不機嫌な声を彼女は発した。

目深にかぶった帽子の下にある瞳が、ジロリと俺をにらみつけている。

「配信してない時に清原三男ぶっ倒してどうすんのよ。あんた企画の参加者じゃないの？」

「企画？」

俺といっちゃんは顔を見合わせた。

「悪いけど、心当たりがない」

「あっそ。トーナメント参加者ってわけじゃないんだ。なら――」

彼女は勢いよく顔を近づけてきた。

帽子が落ちて、長い髪がふわりと広がる。

桃色の髪から、その色にふさわしい、瑞々(みずみず)しい白桃のような甘い匂いが香る。

彼女は、そのまま思い切り背伸びして、右手を高く振り上げた。

――ぱしん！

鮮やかな音がした。

近くで見ていたいっちゃんが、呆気にとられて動けないほど——見事なビンタだった。

「ひとの仕事の邪魔すんな！　馬鹿！」

そう言い捨てて、彼女は足音も荒く去って行った。

「うわー、すごいモミジ」

ビンタされた左頬を見て、いっちゃんがこわごわと言った。

「大丈夫？　和にぃ」

「大丈夫じゃないな。クラクラする」

ビンタの威力もさることながら。

あんな可愛い顔を近づけられて、クラクラしない男はいないだろう。

「もしかしてあのヒト、桃原ちとせじゃないのかな」

「桃原？」

その名前に、なんとなく聞き覚えがあった。

「和にぃ知らない？　おととしくらい紅白にも出てたんだけど」

「ああ——そうだ、アイドルだよな」

芸能界に疎い俺でも知ってるくらいだから、大メジャーアイドルってことになる。

「一時期ドラマやバラエティでよく見かけたよね。テレビで見ない日はないくらい」

「過去形なのか?」

いっちゃんは苦笑した。

「今は、ほら、瑠亜さんがいるから」

「あれがいると、何かまずいのか?」

「アイドルって競争が激しいからね。一人が頂点に立てば、もう一人は……」

「そういうことか」

ブタさんが人気急上昇アイドルとして注目され始めたのは、去年のことだ。

誰かが上に立てば、誰かが下になる。

ブタという太陽が昇ったので、桃原ちとせという星は、地平線に沈んでしまったのか。

あんな超のつく美少女が、もったいない。

他のアイドルに人気が出たからって、彼女の価値が下がったわけじゃないだろうに。

どうも芸能界ってところはよくわからないな……。

◆

俺といっちゃんはパラソルの下へ戻り、着替え終わった甘音ちゃんたちと合流した。

さあみんなで楽しくレッツスイミング――という時になって、涼華会長がこんなことを言い出した。

「まず、じゃんけんしましょう」

「いいでしょう。負けませんよ。最初はグー！」

「和真君。あなたはいいのよ」

会長は苦笑した。

「私たちだけでじゃんけん。勝った人から順番に、一時間ずつ、和真君とすごすということでどうかしら？」

ベンチャー社長らしい合理的判断だが、俺としては異論がある。

「俺が一人と遊んでいるあいだ、他の三人はどうするんですか？」

「どうって、思い思いに楽しめばいいんじゃない？」

「女の子たちだけで、危険です」

ナンパ目的の男なんて、山ほど来ているはずだ。

現にさっきから、こちらを窺う男たちの視線がチラチラチラ、もう視線だけで穴が空きそうなくらい。

とびっきり可愛い女の子が3＋1。

しかも水着。

甘音ちゃんの胸は国指定の危険物に認定されてもおかしくないし、会長の胸は超法規的存在だし、彩茶のふとももだって治外法権。

男性には「見るな」という方が酷であるし、お邪魔虫の俺が離れれば、声だってかけるだろう。

「瀬能くんがいても駄目かしら？」

「いっちゃんは女の子とよく間違われますからね。寄ってくる輩はいると思いますよ」

「……確かに、ちょっとこれは鬱陶しいわね」

会長は鋭く周囲に視線を走らせた。その貫禄にほとんどの男はビビッて目を逸らす。だが、その目は結局、他の三人に辿り着くのだ。甘音ちゃんなんて、さっきからずっと俺の背中に隠れて出てこない。

「それにしてもさあ」

いやらしい視線の束をジロリとにらんで迎撃しながら、彩茶がぼやく。

「なんか今日のプール、やたらむさ苦しくね？　休日だし家族とカップルばっかりだと思ってたのにさ、オトコだけのグループ多すぎでしょ」

日焼けした筋肉ムキムキのゴツイ男、チャラチャラ髪を染めた不良。

さらに、青白い肌で眼鏡装備のオタクも交じっている。

甘音ちゃんがおそるおそる俺の背中から顔を出す。

「やっぱり、清原兄弟さんの動画撮影に集まった人たちなんですかね？」

「そうかもな」

さっき桃原ちとせが言っていた「仕事の邪魔すんな！」とは、そういう意味なのだろう。

トーナメント、とも言っていた。

ヤンキーや半グレたちを集めて、喧嘩大会でも開こうっていうのか？

「でもさぁ、そのわりに、なんかヒョロガリっぽいのも多くね？」

彩茶が言うと、そのヒョロガリっぽい集団がちょうど俺たちの目の前を横切った。

彼らは甘音ちゃんたちには目もくれない。

ふらふらと彷徨うゾンビみたいな足取りで、プールサイドを歩き回っている。

担いでいるリュックの中から、タオルの切れ端がはみ出している。

そこに書かれた文字が、ちらりと見えた。

「るあ姫♡一生愛す」。

まさか——。

『ぶっひひぃぃぃぃぃぃぃぃぃぃぃぃぃぃぃ～～～～～～～～～～ん！！！！！！！！！』

突如として、ブタの鳴き声がドームの中に反響した。

その瞬間、ヒョロガリゾンビたちにふっと生気が吹き込まれた。

虚ろだった目に光が点り、瞳にはハートマークが浮かび上がる。


「「「うおおおおおおおおお‼　姫さまぁぁぁぁぁぁぁぁぁぁぁ‼」」」


ドドドドドドドドドドッッッ！！！

声がした方向に一斉に大移動を始める。

呆気にとられているマッチョや不良を押しのけ、ぶっ飛ばして駆けていく。つよい。オタク強い。まるで王蟲のようだ。推しが目の前に現れたオタク最強伝説。

彼らが崇め奉る「推し」は、プールから現れた。

一度に百人以上が泳げるというメインプールの中央、水の中からステージがせり出して、そこから水着姿のブタさんがヘッドセットをつけて現れる。


『プリンセス・プールでアソンでるみんなー‼　こんにちるあるあ～‼』

「「「「こんにちるあるあッ――――！！！」」」」

『るあ姫、動画で予告したとーり、いっちょライブぶちかましちゃいまー――――す‼』

楽しんでってね～ん♡』

津波のような歓声がプールの水面を揺らす。波が出るプールじゃないはずなのに、ザブンとここまで水が来た。

俺の腕にぎゅっとしがみつきながら、いっちゃんが言う。

「あれ、瑠亜さん？　なんでライブ？」

「さあ。ゲリラライブってやつじゃないか。昔流行った」

ライブというより、邪教のサバトという雰囲気だが。

ともあれ、これはチャンスである。

「みんな。今のうちに隣のプールに移動しよう」

ブタさんが歌っているメインプールの横には、やや小さめのプールがある。

ほとんどの客がライブの方に行っているから、広々と使えそうだ。

ブタさんの人気がこんな時に役に立つとは、まったく世の中わからないものである。

――しかし。

俺たちが遊びに来た場所でわざわざゲリラライブをやったのは「偶然」だろうか？

また何か企んでないといいんだがな。

◆

というわけで、隣のプールに移動した俺たちである。

ここは水深が浅いせいもあって、小さなお子さんを連れたファミリーが多い。ナンパ野郎が多かったメインプールとはあきらかに客層が違う。早くこっちに来れば良かった。

「とはいえ、ここじゃ泳ぐって感じじゃないわね。浅すぎて」

「まーまー。いいじゃないですか。水遊びできればそれで！」

ぼやく涼華会長の隣で、彩茶がビーチボールを抱えている。

「会長サンって、アタマ超いいじゃないですか。運動はどうなんですか？」

「当然。この私に死角はないわ」

サラッと銀髪をかきあげる様が麗しい、帝開学園生徒会長。

身にまとう黒いビキニは、北欧ハーフという彼女の肌の白さをはっきりと際立たせるだけでなく、その豊満な肢体も強く印象づける。布の端から裾野が覗ける豊かなふくらみ、切れ上がった小股に微妙に食い込むその魅惑の黒が、男心をくすぐらずにはおかない。若いお父さんの視線を引き寄せてしまい、お母さんに頬をつねられお子さんに笑われるという事案があちこちで発生していた。

「言いましたねー？　んじゃ、いきますよー！　ほいっ」

彩茶がビーチボールをトスした。運動神経の良さを感じさせる軽快な動きである。さすがダンス部特待生。

対する涼華会長。

普段の涼やかな所作とかけ離れたへっぴり腰で、ふわふわ飛ぶビーチボールをどったばったと追っかけていく。誰がどう見ても運動ができない人のそれなのだが、俺も甘音ちゃんもいっちゃんも「まさかあの会長が」というイメージがあるため、呆然と見守ってしまった。

「んぎゅ」

可愛らしい声とともに、コケた。

盛大な水しぶきをあげてスライディングした銀色の頭に、ぽーん、とビーチボールが当たり、透明なドームの空に打ち上がる。

「あ、あー、その……えっと、なんか、ゴメンナサイ……」

気まずそうに彩茶が言った。

仕掛けた彼女も、ここまで会長が運動音痴とは思わなかったのだろう。

「今のは練習」

濡れた髪をぎゅっと手で絞り、会長は立ち上がった。内心どうか知らないが、まったく動揺を見せないのは流石の一言だ。

あのう、といっちゃんが控えめに手を挙げる。

「涼華先輩、もしかして泳げないんじゃ？」

「大丈夫よ。私に限らず、人体は水に浮くようにできているから」

「いえ、浮くとか浮かないとかじゃなくて、その、クロールとか平泳ぎとか」

「それは私に次の五輪を目指せということ？」

「……ごり……」

これはもう、間違いないようだ。

「今日はどうして、わざわざ苦手なプールに誘ってくれたんですか？」

「別に苦手じゃないわ。泳げないわけでもないけれど……」

もごもご言い訳しつつ、会長は渋々と語り出した。

「あなたたち一年生や中等部の子は知らないかもしれないけど、帝開生はカップルになったらこのプリンセス・プールでデートするのが定番なのよ」

「そういえばダンス部の先輩が言ってたかも。最初のデートでここに来たら、そのカップルは長続きするみたいな」

彩茶が言った。

なるほど、ジンクスとか験担ぎみたいなことか。

「意外ですね」

「何が？」

「会長って、そういうの信じないタイプかと思ってました」

何事も合理的に考える起業家らしくない思考だった。「そんなのナンセンスでしょう」と言いそうに思う。

「もちろん、私は信じてないわよ」

「じゃあ、どうして？」

「それは、だって……」

恥ずかしそうに目をそらして、会長は言った。

「だって、和真君の目標は、普通の高校生活を送ることなんでしょう？　だから……」

俺だけでなく、甘音ちゃんたちもきょとん、とした。

その発言の意味がわかるにつれて、全員の口元にゆるい微笑が浮かび上がった。

「会長さん、優しいですね」

「和にぃのためだったんだ。さすが先輩」

「ゴメンナサイ！　うち、自分のことばっかり考えてた」

甘音ちゃんたちが褒めそやすと、会長はますます頰を赤くした。

「ありがとうございます会長。そのジンクス、本物にしましょう」

「……女の子四人で来ておいて、もうジンクスも何もない気もするけど」

甘音ちゃんと彩茶が笑って言った。

「いいじゃないですか。開き直って楽しみましょう！」

「にぎやかなほうが楽しいって考え方もありますし！」

いっちゃんがどこからかビート板を持ってきた。

「はい！　これなら会長さんも泳げるでしょう？」

「や、やめて頂戴、恥ずかしい！」

真っ赤になって両手を振る先輩が、愛おしくてしかたがない。

本当に今日、ここに来られて良かったな……。

と、その時である。

「いたぜ兄貴！　白いパーカーの陰キャっぽいのがよ！」

家族連ればかりのプールにそぐわない、乱暴な怒鳴り声が響いた。

ゴリラみたいな大男が俺をにらみつけながら歩いてくる。

金髪のサイドを短く刈り込み、トップはツンツンに立たせている。ここまでなら深夜のド○キだが、「弱肉強食」と書かれたTシャツからエッジの立った筋肉がはみ出している様は本格的なトレーニングジムに行かないとお目にかかれない。

「おいテメエ。そこの陰キャ」

「俺ですか？」

「そうだよ。お前が合気使いか？　アア？」

胸ぐらをつかんで、日焼けした顔を近づけてくる。

「なんのことですか？」

「しらばっくれんな。さっき、弟の手首キメてくれたらしいじゃねえか。これから撮影あんのに、どうしてくれるんだよ。オウ？」

ああ、思い出した。

いっちゃんにちょっかいを出してきたパンチパーマの仲間か。

清原三兄弟とかいう、格闘家ヨウチューバー。

「……なんか、オーラねえな。マジでお前なのか？」

弱そうな俺を見て、ゴリラは拍子抜けしたようだ。

「なあ兄貴！　どうする？　こいつとりあえずシメるか？」

後ろから歩いてきたのは、ゴリラよりさらに頭ひとつ大きな男だった。

上半身が裸で、下は黒のショートパンツを身につけている。

頭には髪の一本もない。

真っ黒に日焼けしたスキンヘッドが濡れて光るナイフのように禍々しく輝いていた。

インパクトのあるその頭もさることながら、面構えが明らかに違う。

アウトロー。

ただひとことで表すなら、そういうことになる。

他人を怖がらせ、恐れられることを職業にしている人種だ。

この面構えとヨウチューバーという肩書きはまったくそぐわないが、今はそういう時代なのだろう。裏の世界、自分の知らない世界を覗いてみたいという欲求は、誰にでもある。この男のビジュアルは、そういう時代によく合っているのかもしれない。

もっとも――。

みんなが「見たい」と思うのはせいぜい「裏」までで、俺がいた世界――つまり「裏の裏」、さらにその「陰」までを覗くのは、きっと、求められていないだろうけれど。

スキンヘッド長男は、ゴリラ次男に近づくなり、その頰を平手打ちした。

ゴッ、と骨に響くようなすごい音がした。

後ろにいる甘音ちゃんが「ひっ」と声を漏らすくらい。

「やめろ。人違いだったらどうする」

「……悪ぃ」

ゴリラは一発でおとなしくなり、俺から手を放した。

大物オーラを盛大に放ちながら、長男が前に進み出る。

「弟が悪いことをしたな。いろいろ予定が狂ったせいで、気が立っているんだ」

口調は丁寧だ。

だが、ナイフで皮膚を抉ったように細い目から放たれる視線は、ぬらぬらとしている。

「末の弟が、さっき合気を使う男に手首をキメられたらしくてね。たいしたケガじゃないが、念のため病院に行かせた。格闘家にとって拳は大事な商売道具だから」

そのわりに、雑な扱いをしていたな。

本当に大事な道具なら、ナンパのためになんか使うはずはないんだが。

俺の反応が鈍いのを見て、スキンヘッドは苦笑した。

「自己紹介してなかったな。俺は清原超星。こっちは、弟の楽月だ」

「格闘家ヨウチューバーの人たちですよね」

「知ってるのか。嬉しいな」

と言いつつ、当然のような顔をしている。

「末の弟の真陽を倒したパーカーの男に、心当たりがないかな」

「…………」

「実戦で合気を使って、柔道選手を負かすなんて相当な使い手だから、ぜひ会っておきたい思ったんだ」

「知りませんね」

とぼけることにした。

横目でいっちゃんを見ると、顔が見えないようにウインドブレーカーのフードをかぶってうつむいている。余計怪しまれそうな気もするが、それが精一杯の手立てだろう。

「じゃあちょっと確認させてもらおうか」

「どうやって?」

「面通しするのさ。——おい。ちとせ」

スキンヘッドが背後を振り返ると、そこには桃髪の美少女が立っていた。

さっきの子だ。

桃原ちとせ。

俺でも知ってる有名なアイドルなのに、なんでこんなアウトローと一緒にいるんだ?

「うわっ、ももちーじゃんっ。マジ? ほんもの?」

迫力に飲まれてずっと沈黙していた彩茶が歓声をあげた。

「うち、大ファンなの。どうしよう！　あ、握手して欲しい〜！」

「頼んでみたらどうだ？」

「だ、だめっしょ！　プライベート邪魔したら！」

彩茶がここまで言うなんて、本当にすごいアイドルなんだな。

その桃原ちとせの肩に、清原長男は馴れ馴れしく手を置いた。彩茶が「うげ」とつぶやき、険しい目つきでにらむ。怖い。推しを汚されたギャル怖い。

「ちとせ。真陽（さにー）に仕掛けた男っていうのは、この彼か？」

「――」

いっちゃんが息を呑（の）むのが伝わってきた。

その肩が震えている。

俺はいっちゃんの背中を優しく叩いた。

いっちゃんは横目で俺を見て、かすかに頷（うなず）いた。

そして――。

桃原ちとせは、不機嫌そうな顔で言った。

「違う。こいつじゃない」

「……そうか」

「こんなひょろいヤツじゃないよ。もっと体大きかったし。女も一人しか連れてなかった」

長男は頷いた。

「悪かった。やはり人違いのようだ」

「君はずいぶんモテるんだな。可愛い女の子をたくさん連れて」

「はい」

すると、次男のほうが突然大声をあげた。

「あれ⁉　そこにいんの『あまにゃん』じゃね？　声優の」

びくんっ、と甘音ちゃんが体を強ばらせた。

「あ……あー、えーと、は、はいぃ……」

「うわー、マジ？　俺大ファンなんだよ！　握手しよ握手！」

ほとんど一方的に手を握られ、ぶんぶん、細い手を振り回される。

さっきの彩茶とはまるで違う、遠慮もデリカシーもない振る舞いである。

握手が終わっても、次男は甘音ちゃんの手を放さなかった。

「なあ、あっちで冷たいもんでも飲まね？　店借り切ってあっから」

「え、あの、その、今日はプライベートなので」

「いいじゃん！　てかなんでこんな陰キャと一緒にいんの？　アニメ出てるからってオタク相手にする必要ないだろ？　なあ？」

次男の視線が舐めるように動く。

今日の甘音ちゃんはピンクのワンピース水着だ。フリルがたくさんついていて可愛らしい反面、ちょっと子供っぽくも見えるけど、小柄な体格に不釣り合いなボリュームのメロンは、とても子供の木になる果実じゃない。

唾を飲み込む音がした。

次男の声に凶暴なものが生まれた。

「いいから、来い」

「痛っ……」

ふむ。

お互い芸能人同士ということで、俺にはわからない機微があるのかもしれない――と思って静観していたが、どうやらこの男はただの野良犬らしい。

次男の手を払って、甘音ちゃんの肩を引き寄せた。

勢いあまって倒れ込んだ甘音ちゃんを胸で抱き留める。安心したような吐息が俺のシャツを濡らした。

「やめてくれませんか。この子は俺の連れなんです」

「……へっ？」

次男はきょとんとした表情をそのゴリラ顔に浮かべた。とぼけてるのではなく、本当に「意味がわからない」って顔だ。俺みたいなのが人気急上昇中の声優と一緒にいるのが理解できないのだろう。

「なあ陰キャくん。あまにゃんの前だからってかっこつけるなよ。死ぬぞ？」

「ただ遊びに来てるだけです。絡むのやめてくれませんか」

「お前じゃあまにゃんと釣り合わねえっつってんだよ。それとも、俺とここで闘るか？」

これだけ騒げば当然のことだが、いつの間にか周りには人だかりができていた。

「やめろ楽月。撮影前だぞ」

観衆の目を意識したのか、長男は声を張り上げた。

次男も声を張り上げる。

「いいじゃねえかよ兄貴。こいつも俺らの『トーナメント』に出てもらおうぜ？」

「……そうだな」

長男は何やら考え込んだ。考え込むふりをしながら、視線は彩茶をジロリと見つめている。蛇のような視線。彩茶が怯えたように俺の袖をつかむ。今日の彼女はまぶしい白ビキニ。おちゃらけたキャラと真逆のすらりとしたストイックな体つきを見事に際立たせる。特に豊かに張り出したヒップからかっこいい脚へのラインを、長男はタトゥーでも彫り込むみたいな目つきで見つめている。大物ぶってるくせに、ギャル好きのようだ。

「陰キャ代表ってことで、いいかもしれないな。なあ君、出てみないか？」

「大会って、なんの？」

「『黒に染まれ』」

「はあ。染め物屋さんの大会？」

集まった野次馬からどっと笑いが漏れた。

苦笑しながら長男が言った。

「総再生数一億回超えてるんだが、君は日本に住んでないのかな。素人を集めた格闘技の大会だよ。不良や街のケンカ自慢みたいなアウトローたちでトーナメントをやるんだ。優勝者は俺たち兄弟に挑戦できる。勝ったら百万円」

「へえ」

「今回に限り特別スポンサーがついて、一千万だ」

野次馬たちから歓声が起きる。

たぶんこれ、サクラも交じってるな。

遅まきながら気づいた。今日、このプールは、この連中のイベントのために用意された舞台なのだ。事実上の借り切り、連中の演出意図に沿って動くギャラリーが多数配置されているのだろう。

このままだと、そのわけのわからん大会で黒に染まる流れになりそうだが……。

「ちょっと待ってよ」

ずっと不機嫌な顔で沈黙していた桃原ちとせが言った。「も、ももちーがしゃべった

～！」なんて、隣で彩茶が悶絶している。そりゃしゃべるだろ。

「こんなひょろいの出しても、撮れ高ないでしょ。清原サン」

「不満か？　ちとせ」

「不良にも見えないし強そうにも見えないし、こんなヤッ出したら再生数落ちるよ。動画にはあたしも出るんだから、やめて欲しいんですけど」

薄笑いを浮かべた次男が、聞こえよがしに言った。

「いつまでトップアイドル気取りだよ。落ち目のくせに」

彼女は言い返さなかった。

ただ、ぐっと奥歯を噛みしめるのが、横から見ていてわかった。

……と、その時である。

「やっほ～♪　カズぅぅぅぅ～～～～!!」

脳天気な声がプールに響き渡った。

野次馬たちがどよめき、清原兄弟ははっと目を見開き、桃原ちとせは顔をうつむかせ、甘音ちゃんたちは「うわっ」とつぶやき、そして俺は額に指をあてててため息をついた。

出たよ。

ブタさん。

媚びっ媚びの声を出しながら、ブタが俺の腕に抱きついてきた。

「カズ！　こんなところで会うなんて奇遇ねぇ～ン♪」

鉋で削ったような胸をゴシゴシと俺の腕に押しつけてくる。なんのつもりだ。俺の腕は洗濯物じゃない。

「アタシ、今さっきライブやったところでー。この後、清原兄弟の大会にもゲストで出ることになっててー。ぶひひ、人気者すぎてツラっ♪」

ブタの唾が飛んできて、俺はイラっ。

俺たちが今日ここに来ることをなんらかの方法で知って、わざわざ邪魔しに来たってことか。

「ウザスダレも、カイチョーさんも、イサミンも、アヤチャも、来てたんだ！　奇遇だネ！」

「…………」

甘音ちゃんたちは沈黙し、訝しげな目を闖入者に向けている。デートの邪魔をしに来たのはわかりきっているが、どんな風に邪魔してくるのか？　なにしろ、普通じゃないブタである。どれだけ警戒してもしすぎることはない。

ゴリラ次男が言った。

「るあ姫、今日はスポンサードありがとな！」

「んー。格闘技とかちょっとヤバンでコワイんですけどー、まぁ、お祖父さまに言われてるし？」

「だいじょうぶだって、何かあったら俺が守るからさぁ」

さっき桃原ちとせを馬鹿にしていたのとは真逆の、媚びた口調だった。

その桃原ちとせの存在に、ブタさんも気づいた。

「あれあれぇ？　ちとせ先輩じゃないですか！　おはようございまーす！」

「……おはよ」

彼女は目をそらしたまま応えた。あきらかに気まずそうだ。

「どうしてココに？　あ、そっか、最近オシゴトでコラボってるんでしたっけ？　金魚のフンみたいに！」

「……」

「畑違いの相手とも絡まなきゃいけないの、タイヘンですね！　ガンバッテクダサーイ♪」

口調は丁寧だが、彼女を嘲っているのは見え見えだった。

アイドルとしては後輩にあたるブタさんだが、いまや人気と勢いは凌駕しているという自信があるのだろう。俺に言わせれば、桃原ちとせのほうが明らかに可愛くて華があるのだが――世間はブタと人間の区別がつかないらしい。

「ところでろでぇ、清原キョーダイさんは、なんでカズに絡んでたの？　なんかあったの？」

「いや、彼にも大会に出てもらおうと思ったんだ。もしかしてるあ姫の知り合いなのか？　なら遠慮するよ」

長男の対応も、あきらかにさっきと違う。

無理やり話を進めようとしていたくせに、今はブタの意向を窺うような姿勢を見せていた。格闘技のチャンピオンという話なのに、権力には媚びてしまうのか……。

「ん～～～……」

ブタさんはしばらく何か考えていた。

それから、長男に何やらコショコショと耳打ちを始めた。

長男の顔に、ニンマリとした笑みが浮かび上がる。

「いいね、そのアイディア。さすがるあ姫。彼は出場決定だな」

「だしょ～？　よろしくね～ん♪」

何やら、密約がかわされてしまったようだ。

……やれやれ。

せっかく泳ぎにきたのに、厄介事に巻き込まれてしまうなんて。

俺は涼華会長の隣に行って、小声で話しかけた。

「すいません会長。せっかく誘ってもらったのに、妙なことになってしまったようです」

「そのようね」

会長の顔にはあきらめが浮かんでいる。ブタさんのゲリライブの時から、ある程度予測していたのかもしれない。

「こうなった以上は、さっさと終わらせてきます」

「ええ。どういうレベルの格闘大会か知らないけど、あなたならきっと瞬殺よ」

「いや、違います」

俺は首を振った。

そんな、一億回も再生されてるチャンネルで本気なんか出せない。普通の高校生活を送れなくなってしまう。

だから――。

「瞬殺、されてきます」

◆

彩茶にレクチャーしてもらいながらスマホを操作して、格闘大会「黒に染まれ」にエントリーした。

十五分後に集合らしい。

その前にトイレをすませておこうと歩いてると、売店の近くで桃色髪の少女が四、五人の子供たちに囲まれていた。

元・トップアイドル桃原ちとせ。

ブタさんの出現で今は落ち目らしいが子供たちにはまだまだ人気のようで、記念撮影やサインをねだられ大忙し。俺にはいきなりビンタしてきた彼女も、子供たちにはニコニコ笑顔ではしゃいでいる。ファンサービスっていうより、素で楽しんでるみたいだった。

彼女の周りだけスポットライトが当たっているみたいに、くっきりと輝いて見える。

これぞアイドルって感じ。

さっき半グレ兄弟と現れた時とはまるで別人じゃないか――。

しばらく見つめていると、母親らしきグループが子供たちを呼びに来た。

「ねえ！　向こうに高屋敷瑠亜ちゃん来てるわよ！　行こ？」

子供たちは首を振る。

「やだ！　ももちーがいい！」

「るあちゃんって、あたし、すきじゃなーい！」

幼い子供たちは、ちゃんと本物を見極める目を持っているようだ。

だが悲しいかな、大人はそうではない。マスコミやネットに騙されてしまう。自分がいいというものではなく、大勢が「いいいね」したものを信じてしまうのである。

「ほら、向こうで清原兄弟と撮影会やってるって。瑠亜ちゃんとツーショット撮れたらSNSでいいねたくさんもらえるわよ。行きましょ？」

母親グループは子供の手を引っ張って、強引に連れ去ってしまった。

後にはぽつんと、立ち尽くす桃原ちとせが残されて――。

「…………」

子供たちの背中を見送るその横顔は、なんとも胸が締め付けられるようなものであった。悲哀や落胆、あるいはあきらめ、女子高生が顔に浮かべるにはふさわしくない、彼女が今まで歩いてきた道の険しさを感じさせる顔だった。

そして、それだけじゃない。

それらの芸能人としての表情に混じって、「もっと遊びたかった」という、おもちゃをとりあげられてしまった幼女のような、純真で素朴な感情が一番奥にゆらめいている――ように、俺には感じられた。

声をかけずにはいられなかった。

「子供、好きなのか？」

長い桃髪がびくんと跳ねた。

じろりと振り向いた時、彼女はいつもの不機嫌な表情に戻っていた。

「別に。営業よ営業」

「営業？」

「ファンサービスも業務の一環。芸能人でございます、ってふんぞりかえってるアイドルなんて、今どき流行らないの。あんな風に『いい人営業』『子供好き営業』しないとね」

「それにしては、ずいぶん楽しそうだったな」

「だから、それも含めて営業なの！　なんも知らないくせに、プロのあたしにえらそーなクチ利くな、アマチュア！」

うーん。

これは、めちゃめちゃ嫌われてるな……。

「てか、あんた何者？　名乗りなさいよ」

「帝開学園一年、鈴木和真」

「なんだ、一個下じゃん。あたし高二。お姉さんよお姉さん。わかる？」

しまった、タメ口はまずかったか。

「るあ姫とはどういう関係よ？　ずいぶん親しげだったけど」

「学校が同じなだけの、元・幼なじみです」

「元……？」

彼女は怪訝な顔をした。

「それより、さっきはどうしてかばってくれたんですか？」

「は？　何が？」

「清原三男を俺が倒したところ、見てたんでしょう？　なぜそれを長男と次男に隠したんですか？」

彼女は大げさにため息をついた。

「さっきも言ったじゃん、撮れ高の話よ」

「撮れ高？」

「極端な話、あんたが強そうなイケメンだったら良かったのよ。でも、あんた陰キャじゃん。超よわそーじゃん。三男を倒したところはこの目で見たけど、今でもインチキじゃないかって疑ってるくらい」

「……」

「あんたじゃ動画として面白くならないから。だから嘘ついたの。それだけよ」

「つまり、俺を助けたわけじゃないってことですか」

「そういうこと。ビジネスよビジネス」

ビジネス。

時々、涼華会長も口にする言葉だ。

会長の言う「ビジネス」は、俺が言うところの「日直当番」とか「テスト勉強」とニュアンス的には大差ない（スケール的にはもちろん違うが）。

だが、桃原ちとせの「ビジネス」は、俺が言う「美容院に行く」とか「渋谷で買い物」と似たようなニュアンスに感じる。

背伸びしてる感、とでも言おうか。

さっき子供と遊んでいた時の彼女のほうが、ずっと「リアル」な感じがしたけどな。

「何よ、黙りこくっちゃって。怒ったの？」

「怒ってないです」

口に出したら今度こそ怒られそうなので、別のことを言った。

「それにしても、さっきのももちー先輩は魅力的に見えましたよ。俺の連れも大ファンだって言ってました。あのブタに人気で負けるなんて、信じられないんですが」

「ももちー先輩って何、その呼び方。……まぁいいけど。ブタって誰のことよ？」

「ブタはブタですが」

他の言い方だとなんだろう？　ピッグ？　ポーク？　ハツ？　レバー？

彼女はハッとした表情になり、それからぷっと噴き出した。

「もしかしてるあ姫のこと？　ブタって、マジ？　あの子が今どんだけ稼ぐアイドルか知らないの？　インスタドラムのフォロワー数やヨウチューブの登録者数だってすさまじいんだから」

「さあ。興味がないので」

「呆れた。あんた本当に現代を生きる高校生なの？　実はジャワ原人？」

「平均以下であることは自覚してます。だから、普通になりたいんですよ」

「ふうん。変わってるね」

少しトゲが取れた表情で彼女は言った。

「きっかけは、水着よ」

「水着？」

「二年くらい前かな。水着グラビアの仕事が入ったの。ま、アイドルとしては定番なワケだけど……あたし、そういう売り方は好きじゃないから。拒否ったの」

水着グラビア。

俺が時々読む青年漫画誌にも載っている。アイドルやコスプレイヤー、声優なんかの水着姿が巻頭を彩っている。甘音ちゃんも一度声がかかったって言ってたっけ。

「それがどうも、事務所のエライ人の怒りに触れたらしくってさ。お高くとまってるって思われちゃったのかなぁ、そう思われないようにいろいろ気配りしてたつもりだったんだけど。甘かったわ」

「それで、干された？」

「そのタイミングで出てきたのが、あの子――高屋敷瑠亜よ。帝開グループの後ろ盾もあって、あっという間にトップアイドル。ナマイキキャラで売ってるあたしとキャラもカブッてるとなれば、事務所がるあ姫を優先するのは、ビジネスとして当然よね」

　現代を生きる女子高生らしくない、重々しいため息を彼女はついた。

「ま、でもこのままじゃ終わらないわよ。水着になんかならなくたって、もう一度トップに返り咲いてみせるわ。そのためなら、なんだって利用するし。清原兄弟だって――」

「付き合わないほうがいい気がします。『反社』でしょう、彼ら」

粋がっているだけの次男や三男はともかく、あの長男からは「裏」の匂いがした。アイドルのような「陽」の存在が関わるべきじゃない。

　彼女はまたため息をついた。

「わかってるわよ。でもせっかく事務所がブッキングしてくれた仕事だし、断ったら今度こそクビになる。これでもあたし、プロだから」

「そこが、よくわからないんですが」

「何がよ？」

俺は自分の考えを話した。

「アイドルには、なりたくてなったわけですよね？」

「そうよ。子供の時からの夢」

「アイドルなら水着になることくらい『普通』だと思ってました。それは、わかってたはずじゃ？」

彼女は答えなかった。

その代わり、Tシャツのおなかのあたりをさするような仕草を見せた。

俺は続けて尋ねた。

「あの兄弟みたいな輩と絡むことより、水着になるのが嫌っていうのは、ちょっとわからないんです。ももちー先輩は可愛いしスタイルもいいし、ファンなら絶対水着を見たがるはずでしょう。ポリシーに反するとしても、先輩なら『これもビジネス』って割り切りそうな気がして」

やはり彼女は答えなかった。

代わりのことをぽつりと言った。

「難しいわね。世の中って」

「……そうですね」

しばらく二人で、遠くのプールではしゃぐ子供たちのことを眺めた。

「あんた、今からでも棄権してきたら？　あの大会危ないわよ」

「素人ばかりって聞きましたが」

「ほとんどは街の不良レベルよ。でも、中にはプロのボクサーもいるし、ヤクザや半グレみたいなのも交じってる。凶器を隠して持ち込んでるヤツだっていると思う」

「怖いですね」

「怖いわよ。だから過激で人気なの。悪いこと言わないから、やめときなさい」

その声音は、真剣に俺のことを案じてくれているようだった。

「心配いりません。瞬殺ですから」

「まさか合気道でなんとかしようと思ってる？　無理無理。試合はグローブはめてやるんだから。三男の時みたいにつかませてもらえないわよ」

「格闘技のこと、わかるんですか？」

「清原兄弟とコラボするからには、そりゃ、少しはね」

ずいぶん勉強家で、努力家のようだ。

ますます好感を持ってしまうが――。

「瞬殺されるのは、俺のほうです」

「……ハ？」

「見ててください。『撮れ高』のあるやられっぷりを披露してみせますよ」

彼女は大きな目をさらに大きく見開いた。

不機嫌そうに引き結んでいた唇に、その時はじめて、笑みが浮かんだ。

「おっかしい！　あんた、ちょっとおかしいんじゃないの⁉」

「いや、それほどでも」

「褒めてないって！　ほんっと、おっかしい！」

そう言って笑う彼女は、ドキッとするほど魅力的だった。いつもとびきりの美少女たちに囲まれてる俺でさえ、心をグッとつかまれてしまう。

つまりそれは「華がある」ということ。

彼女の心が、その存在そのものが「愛おしい」という証明だった。

やっぱりどう考えても、ブタさんより魅力的と思うんだけどな……。

世界は間違いだらけだ。

◆

素人格闘技トーナメント「黒に染まれ」。

清原兄弟のヨウチューブチャンネルの人気企画で、総再生回数は一億を軽く超えている。

トーナメントで勝ち抜いた優勝者は、清原兄弟と試合ができる。

勝てば、百万円。

仮に負けても、目立つことができれば有名になれる。

なにしろ一億再生だ。「黒染ま」が数々の人気ヨウチューバーを輩出しているということで、売名目的で出場する輩も多くいるらしい。

今日は「るあ姫杯」ということで、特別賞金一千万円が出る。

集まった参加者は、なんと、百人を超えるらしい。

涼華会長がため息をついた。

「世の中、血の気が多い人ばかりなのね」

憩いの場であるはずのプリンセス・プールは、時代錯誤の特攻服やらリーゼントやらのむさくるしい男どもと、その男たちの連れであるキンキンの髪をした日焼け女たちでひしめいていた。まるで暴走族の集会だ。殺伐殺伐、サツバツバツ。「うう、煙草くさい……」と、いっちゃんが泣きべそをかくのが聞こえた。

彩茶が言った。

「ねえ、試合ってどこでやるの？」

「あそこですよ、あのリング」

甘音ちゃんが指さす先に、金網（かなあみ）で囲まれた八角形のリングがあった。

「変なかたち。ふつーリングって四角じゃないの？」

俺は答えた。

「総合格闘技は、あの形のリングが一般的なんだ。ロープもなくて、代わりに金網が張られている」

「へえ、和真くわしいんだ？　実は格闘技好きとか？」

「いや全然」

昔ああいうリングに上がってたことがあるから——とは、言わなかった。

海外の、しかも地下の話である。

「それにしても、こんな百人もいてどうやって試合すんの？　一日で終わらなくない？」

「さあ、そこまではわからないな」

甘音ちゃんが代わりに答えた。

「時間はそんなにかからないと思います。一試合九十秒っていう短い時間で、決着つかない時はダメージとか関係なく『ともかく攻撃してたほうが勝ち』っていうルールなんです」

「ガンガン殴り合わなきゃ駄目なわけか」

「はい。だから派手な試合が多くて人気なんです」

甘音ちゃんは、不安そうな目で俺を見た。

「和真くん。ケガとか、しないでくださいね？」

「まー、和真なら大丈夫っしょ！」

彩茶が明るく言った。俺が戦ってるところを目の当たりにしたことがある彼女には、信頼を置かれているようだ。

いっちゃんや会長も同じで、ケガを心配してるようには見えなかった。

彼女たちが心配してるのは、別のことだ。

「和真君。瞬殺されてくるって言ってたけど、どうするつもり？」

「わざと倒れたりしたら、バレちゃうんじゃない？　和にぃ、そんな演技上手いほうじゃないし」

俺は四人の少女たちを見回して言った。

「大事なのは、説得力だよ」

「説得力？」

「観客やネットの視聴者に納得してもらえるような負け方。『弱い』『完敗』そんなコメントで埋め尽くされるような負けっぷり。それを見せつければ大丈夫さ」

そんなことより、俺は別のことを心配している。

ブタさんの動向である。

今大会の特別ゲストであり、スポンサーでもあるというブタ屋敷ブタ亜。

すでに生配信が始まってるようで、リング横に設置されたステージ上で清原兄弟や桃原ちとせとトークしている。ブタさんのよく通る耳障りな声がここまで届いていた。

『るあ姫は、格闘技観戦とかしないのかな？』

『えぇ～？　るあ、そーゆーのこわくてぇー。人が殴ったりするのとか、ムリだしぃー。でもまぁ、お仕事だし？　がんばって今日は観に来ましたぁ～』

嘘つけ。

俺が地下のリングに上がった時は「コロセ！」って一秒間に百回叫んでたくせに。「全身の穴から血という血をドバドバ出し尽くさせてコロセ！」とか。放送禁止用語や差別用語もたくさん口にしていた。あのブタの本性は、本来、日の当たるところに出られるようなものではないのだ。このコラボもノリノリだったに違いない。

ももちー先輩は、にこにこと相づちを打っている。時々面白いツッコミを入れたり、場を和ませるボケを披露してみたりして、見てる人を飽きさせないよう気配りしている。

あれこそまさに「お仕事」ってやつだ。

「瑠亜さん、今日は何を企んでるのかしら」

厳しい顔つきで会長は言った。

「偶然仕事でここに来たっていうだけならいいけど、違うわよね」

「そうですね。会長たちは、なるべく俺の目の届くところにいてください」

ましろ先輩の時のように、特殊部隊を動かしている気配は今のところはない。

もし「十傑」が動いているとしたら察知は困難だが、その時は師匠からひとこと連絡が入るだろう。多分。

ちなみにブタ専属のボディガードである「十傑」氷ノ上零(ひのかみれい)は、ステージ脇にぽつんと立っている。ただぼーっとしているようにも見えるが、その立ち姿にはスキがない。事ある時にはすぐに飛び出せるよう準備をしている。真っ白な髪に赤い瞳、美しい狩猟獣のようなその姿は、周囲の男どもの視線を密(ひそ)かに集めていた。

あいつも水着になればいいのにな……。

きっと、モテるだろうに。

そんなことを考えていると、スマホに着信音があった。

画面を見れば、さっきインストールさせられた大会用アプリが呼び出しを告げていた。

出番のようだ。

「がんばって、和真くんっ！」

「相手を殺しちゃダメよ」

「和にぃ、ふぁいと！」

「よっ、ス●ブラ和真！　あの時みたいにかっこいいとこ見せてよ！」

……だから、瞬殺されにいくんだって……。

リング側に行って、レフェリーからボディチェックを受ける。ちょっと体に触れるだけの、ものすごくぞんざいなチェックだった。ちょっと隠せば凶器持ち込み放題、むしろ「持ち込んでくれ、その方が撮れ高がある」と言わんばかりの。

グローブもつけてもらう。

ボクシングやキックなんかで使用される打撃専用のグローブだ。当然、相手をつかむことはできない。その代わり、入ってる綿が極薄だ。これだと素手で殴られるのとあまり変わらない。

リングに上がる。

対戦相手はすでに対角線上のコーナーにもたれかかり、いや、ふんぞり返って俺を待ち受けていた。

デカイ。

縦にも横にも、でかい。

ブヨッとした体型で、腹が五段、いや、六段、七段……近くの神社の階段くらいありそうだ。

髪型も個性的だ。

頭頂部以外の髪を剃り上げて、残った髪を長い三つ編みにして垂らしている。今も昔も大人気の某マンガに出てくる「ラーメンマン」みたいな髪型である。

じっ、と無言で俺をにらみつけている。

いちおうは真剣な表情に見えるが――口元がわずかにほころんでいる。

『一回戦の相手がこんな弱そうなやつで、良かった』

そんな心の声が聞こえてきそうだった。

レフェリーに促(うなが)されて、リング中央へと進む。

観客たちの声が背中にぶつかってきた。


『おいおい、すげー体格差じゃん』

『勝負になんのか？』

『陰キャが殴ったら、手のほうが折れんじゃね？』


そんな声のなかに交じって、黄色いブタの声が響き渡る。

「カズ～!!　がんばってね～～ン!!　アタシが見てるからってやりすぎちゃ駄目よ？

ちゃーんと手加減してあげてねぇ〜!!」

思わず耳を塞ぎたくなったが、周囲に与えた効果は劇的だった。


『お、おい、るあ姫が応援してるぜ』

『マジ？　どーゆー関係だよ？』

『帝開の同級生とか？』

『あのS級学園の生徒なら、意外とやるのかも――』


どよめきがリングまで届いてくる。

対戦相手のラーメンマンも、目の色を変えて俺をじっと見つめている。その表情から侮りが消えて、本気の目になっていた。

ゴングが鳴った。

様子を見ようとばかりに下がったラーメンマンとは逆に、俺は踏み込んでいった。

脂肪のつきまくった顔に驚きが浮かび上がる。

おおっ、と観客が沸く。

俺はパンチを繰り出した。

といっても、ただグローブを突き出しただけなのだが——。

のろいパンチなので、ラーメンマンはあっさりかわす。いわゆる「ダッキング」という技術でかがみ込んで拳をかいくぐり、チャンスとばかりに、俺がわざとがら空きにしたボディに拳を出してきた。

うん……。

まぁ、可もなく不可もなく。

「説得力」にはやや不安が残るが、やり直しを要求できる立場でもない。

グローブが俺のみぞおちにめり込む。

「うぐぅ」

なんかそれっぽい悲鳴をあげてみる。「うぐぅ」。いや「ぐはぁ」の方が良かったか？　あるいは「あべし？」「ひでぶ？」どういえばダメージが伝わるのか？　意外と奥が深いな、やられ役の〝説得力〟。

悲鳴をあげつつ、俺は体をくの字に折り曲げた。

イメージするのは、昔、ＳＮＳで流行ったやつ。

マカンコウサッポウ、だっけ。

膝のバネだけで思いっきりジャンプして、両足をリングのマットから離す。

拳の威力で吹っ飛ばされた風を装（よそお）い、目指すは後方。

このまま金網に背中をガシャンと叩きつけられ、マットに崩れ落ちてKO。そんな感じのやられ方。

王道である。

だが――。

俺は、王道のその先を往く。

頭にあるのは、ももちー先輩が心配していた「撮れ高」のことだ。

ショーとして、エンタメとして、見栄えのあるやられ方。

だから。

俺は加速する。

つま先がマットに擦れる――ふりをして、思い切り力を入れて蹴った。

吹っ飛ぶ勢いが増す。

金網に背中が深く深くめりこんだ。

まだまだ。

さらに強く、マットを蹴った。

蹴るのが速すぎて、レフェリーにも観客にも見えなかったに違いない。

彼らの目には「すごいパンチで陰キャが吹っ飛ばされてる」ようにしか見えないはず。

体まるごと、金網にめり込んでいく。

金網がその負荷に耐えきれず、めちめちと音を立てて破れていく。

そこでもう一度、マットをかかとで蹴る。

引きちぎれた金網の破片をまき散らしながら、俺は宙を舞う。

あんぐりと大口を開けて見上げる観客の頭上を跳んで、翔んで、飛んで——目指すはリングから少し離れたところにあるゲスト席である。

そこには、ももちー先輩が座っている。

可愛い顔に驚きを広げているその席の横を、着地点にしよう。

最後のダメ押しとばかりに、もう一度悲鳴をあげる。

「うぐぅ」

言いながら、ごろごろ地面を転がった。

なるべく派手に、回転多めに、砂埃とかあげつつ。撮れ高撮れ高。

どすん、と背中がレンガの壁にぶつかった。

ついでにこの壁を突き破って——いや、さすがにそこまではやらなくていいか？　やりすぎは逆効果だよな。自重しよう。

すでにリングは遠くなっている。

だが、誰もリングは見ていない。

ラーメンマンに瞬殺されて吹っ飛ばされ、場外を転がった俺のことを、ぽかん、と見つめていた。

——あれ？

なんか、あんまり盛り上がってないぞ……？

その時、ももちー先輩と目が合った。

ぱくぱく、何度も口を開いたり閉じたりしている。

目をぱちっ、ぱちっと何度も瞬きさせて。

その仕草がとてつもなく可愛らしい。

作った表情より、素の表情がずっと可愛いな……。

そんな超魅力的なアイドルに、俺は小声で聞いた。

「撮れ高、どうでした？」

彼女は一瞬、何を言われたのかわからなかったらしい。

しばらく、ぽかんとしていた。

俺をびしっと指さして、叫んだ。

「ありすぎ！」

やったぜ。

◆

場内はまだざわついていた。

観客は誰もリングのほうを見ていない。

金網を突き破って場外に吹っ飛ばされるというやられっぷりを見せた俺に、視線が集中していた。

『めちゃくちゃ飛んだなぁ、あいつ』

『あのラーメンマン、すごいパンチ力だ』

『優勝候補だわ』

『……いや、殴られたってあんな飛ばなくね？　普通』

なんだか物議を醸（かも）しているようだ。

ももちー先輩が歩み寄ってきた。

ない。

「大丈夫？　ほら、立ちなさいよ」

差し出された手を握り返すと、超人気アイドルは身をかがめて顔を近づけてきた。

鼻先がふれあいそうな距離だ。

こんな可愛い人にそんな接近されて、ドキドキしない男子高校生なんてこの世に存在しない。

「あのう、先輩？」

甘いラブコメなシチュエーションに似合わない厳しい顔と声で、彼女は言った。

「高屋敷瑠亜と清原兄弟が何か企んでる。あんたの彼女たちが危ないわ」

「……！」

しまった。

気がつけば、いつのまにかゲスト席からブタの姿が消えている。

撮れ高のことばかり気にして、吹っ飛びすぎた。

リングから離れすぎたのだ。

「連れ込むとしたら、メインプールの後ろにある第二プールよ。次男が何か準備してた」

「ありがとうございます」

観客をかきわけるようにして席に戻ると、そこにはべそをかいているいっちゃんだけが取り残されていた。

「和にぃ！　大変だよ！　先輩たちが変な男たちに捕まって……」

「ああ、わかってる」

いっちゃんを拉致しなかったのは、「あいつ」は未だにいっちゃんを女の子だと知らないからだ。

「いっちゃんはここを動くなよ。いいな？」

「うん！　気をつけて！」

ももち一先輩に教えてもらった「第二プール」は現在改装中で、青いビニールシートがかけられている。中で何が起きていても、外からは見えない。この会場が清原兄弟の借り切りで、そこにブタが絡んでいるとするなら、何かするにはおあつらえ向きの場所だった。

入り口らしきところに、門番が立っている。

ひとりは派手な柄シャツを着たヤンキーだ。

そしてもうひとりは、黒の背広をかっちり着込んだいかつい男。

その奇妙な取り合わせが、中にいる人間の正体を表している。

清原兄弟とブタは、グルってことだ。

「ぐっ」

「ごっ」

懐に飛び込み、素早くみぞおちに拳を叩き込んだ。

吹っ飛ばす必要なんてない。

拳のもたらす衝撃を、人体に浸透させるのに派手な動きはいらない。

いわゆる寸勁、「ワンインチパンチ」とも呼ばれる技だ。

やられるほうも、見ているほうも、何が起きたかなんてまるでわからない技だ。

撮れ高なんてまったくない、ももちー先輩に怒られそうな技だけど、ここはリングじゃない。見せかけの技など使う必要はないのだ。

気絶した男二人を蹴り退け、中に入った。

そこは奇妙な場所だった。

改装作業中らしい大きなプールになみなみと水が張られている。だが、その水は緑色でドロドロしている。藻が繁殖しているのかと思ったが、あきらかに植物とは違う、粘土のような臭いが立ちこめていた。


「和真くんっ！」


その不気味なプールのそばに、甘音ちゃんが捕えられていた。

捕まえているのは案の定、清原次男だ。

甘音ちゃんに執心を見せていた金髪ゴリラは、太い腕で彼女を羽交い締めにしていやら

しい笑みを浮かべている。

「和真君！」

「和真ぁ！　たすけて――――っ！」

涼華会長と彩茶も、次男の手下らしきチンピラに後ろ手に拘束されていた。

この二人もニタニタと好色そうな笑みを浮かべている。彼女たちの水着のふくらみを濁った目で見つめている。自分が捕えている極上の美少女に不埒を働きたいのが見え透いている。

モラルの欠片もない下品な輩が、何故それを実行に移さないのか？

それは、背後に黒幕がいるからだ。

「ずいぶん早かったわねえ、カズ!!」

ブタさん。

黄色のビキニ姿で、ぺったんこな胸を誇らしげに反らしながらのご登場である。

「惜しいナー。もう少し遅かったら、この泥棒猫三匹の無様な姿が見られたのにねェ？」

「何をさせるつもりだったんだ？」

「アタシが用意した特製スライムプールでスイムしてもらうの。ブクブクモガモガドロドロヌルヌル、みっともなくねェ！　アタシのチャンネルのメンバー限定配信で、その動画を流してやるわ！　いい気味いい気味ィ！　ッシャッシャ！」

「……」

ブタさんのセンスはあいかわらずよくわからん。

スライム風呂っていうのが一時期流行ったけど、かなり前の話だからなあ。

「撮れ高があるとは思えないが？」

「いいのよ、こいつらに恥をかかせてやればいいんだから！」

恐ろしいような、そうでもないような、微妙な復讐の仕方である。

「俺が間に合った以上、それはもう不可能だ。わかるな？」

「……フン」

ブタは肩のツインテールを後ろに跳ね上げた。

その隣では氷ノ上零が臨戦態勢をとっているが、彼女では俺に勝てないのはわかっているはずだ。

「ちょっとゴリラ。その前髪ウザスダレを、今すぐプールに叩き落としなさい」

「へ、へっ⁉」

ゴリラと呼ばれた次男はきょとん、となった。

「イヤ待ってよるあ姫、そんな焦る必要ないだろ？　こんな陰キャ、俺がブッ飛ばしてやるからさぁ」

「いいから今すぐ落として。カイチョーも、アヤチャもよ。それを撮影して今日は撤収！」

「いやだから待てってて！」

次男は必死だった。

やつにしてみれば、ブタさんが去った後で、甘音ちゃんに抱く下衆な欲望を実行したいのだ。

彼女をスライムでドロドロにしてそのまま帰るなんて、望むわけがない。

ブタさんがため息をついた。

「アンタじゃ、ムリ」

「え？　ムリって何が？」

「ムリだからムリだって言ってるのよ。半グレ格闘家ごときが、どうやって『十傑』に勝つのよ。『表』でおだてられてチョーシこいてる程度のヤツが」

「じゅっ、けつ？」

その時、次男にスキが生まれた。

甘音ちゃんが激しく体を揺すったため、羽交い締めが少し緩んだのだ。

彼女の勇気を無駄にするわけにはいかない。

俺は音もなく地面を蹴った。

するする、地面を這うような低い姿勢で一気に懐に飛び込み、甘音ちゃんを小脇に抱えるようにして奪還する。

「いわんこっちゃねーわ」

次男は何が起きたのかもわからず、ぽかん、と空白になった自分の腕を見つめている。

そう吐き捨てるブタさんの声が聞こえた。

混乱するチンピラ二人から、同じようにして会長と彩茶を奪還する。

「ごめん、三人とも。怖い思いをさせたな」

「ぜんっぜん大丈夫です！」

「必ず来てくれるって、信じてたわ」

「和真は、う、うちの王子さまだしっ！」

絶対怖かっただろうに、そんな素振りは微塵も見せずに笑ってくれる。

彼女たちは宝だ。

かけがえのない俺の宝物。

だから――。

それを汚そうとするものに、俺はいっさいの慈悲はかけないと決めている。

「おい、ゴリラ」

「――ああん？」

ぽかんとしていた次男の顔が、怒りで赤くふくれあがった。

「ゴリラってのは誰のことだ。なあ、陰キャくんよ。オオ？」

さっきブタから「ゴリラ」呼ばわりされた時は流したくせに。

こいつのプライドは、相手によって出したり引っ込めたりできる類のものであるようだ。

「てめえのさっきの試合、見てたぜ？　めちゃめちゃブッ飛んでたよなぁ？　あんなザコの打撃で場外まで吹っ飛ぶようなやつが、チャンプの俺に勝てると思うのかよ？」

ひゃははと笑うゴリラに、他の二人も追従する。

「なあに、安心しろ――」

甘音ちゃんたちを下がらせて、俺はゆっくり、構えをとる。

空を指さし、静かに言った。

「お前は、もっと遠くまでトバしてやる」

◆

三メートルほどの距離をおいて、ゴリラこと清原次男と向かい合った。

へらへらと笑っている。

左右隣に立っているチンピラ二人もそうだ。

嘲るような笑いを口元に貼り付けている。

「お前、あのS級学園の生徒なんだってな?」

ゴリラが人の言葉をしゃべった。

「運動できるようには見えねえし、どうせ勉強ばっかしてんだろ? 成績だけが取り柄で、それで学校ではモテてる的な」

学校では、というフレーズにゴリラは力を込めた。

俺のような陰キャが「超」のつく美少女三人を連れていることに、そういう解釈をしたようだ。

「路上(やせい)じゃ、それは通用しねえぞ」

わけのわからんことを、かっこつけて言われた。

「兄貴の口癖だ。『女は結局、強い男に惹かれる』。俺もそう思う。ヨウチューブの再生回数を見ろよ。なんちゃらお勉強チャンネルとかより、俺ら兄弟のケンカをみんな見たがってる。カネも女も寄ってくる。いい時代になったもんだぜ」

「へえ、なるほど」

思わず感心してしまった。

つまるところ、こいつらにとっての「強さ」とは見世物であり、金儲け(かねもう)けや女の子にモテるための道具にすぎないというわけか。

「やっぱりあんた、陽キャだな」

「あん?」

「俺のような陰キャにとっての強さとは、ずいぶん違う」

十傑にとっての強さとは、ただの殺人ツールである。

ただ「効率よく人を殺せるか否か」というだけの話。

たとえば刀の価値は「効率よく人を斬れるかどうか」でしかない。爆弾の価値は「効率よく敵を破壊できるか」でしかない。人気もお金も、まして女の子にモテるかどうかなんてまるで関係ない。

「いいねえ。見せてくれよ。陰キャくんの強さってやつをよ――」

ゴリラが拳を固めて、のっしのっしと大股で前に出てきた。

格闘技の動きではない。

俺様に逆らったいじめられっ子を小突きに行く——そんな感じの間合いの詰め方だった。

いちおう、ガードは上げている。

太い血管が幾筋も浮かぶ筋肉質な腕を上げている。

いじめられっ子がやぶれかぶれにパンチを繰り出してきても、楽に止められる——そういう驕(おご)りに満ちたガードだった。

ふうん。

これが陽キャの戦い方か。

じゃあ、こっちは陰キャの戦い方を見せなきゃな。

「あげっ!!」

ゴリラが声をあげた。

俺の右足が、やつの左足を鋭く踏みつけたのだ。

プールだから、お互いサンダル履(ば)きである。

やつのは貧弱なビーチサンダルだが、俺のはけっこうごつい。靴底に特殊セラミックを貼り付けてある。ガラスの破片なんかを踏んでも大丈夫なシロモノである。

別に準備してきたわけじゃない。

俺が「殺人ツール」だった頃のクセ、染みついた習慣から、女の子とプールに行くのにも、こんな重苦しいのを履いてきてしまったのだ。

陰キャと陽キャの差が、このサンダルの差だった。

「あげげげげっっっ‼」

足を踏まれたまま後ずさろうとして、ゴリラは尻餅(しりもち)をついた。

ガードのためにあげていた腕をさげて、地面に手をつく。

顔面が、がら空きだ。

「――あっ、」

俺を見上げるゴリラの表情に怯えが走った。

許して、

それは勘弁、

嘘だろ？

そんな感情が次々に浮かんでは消える。

俺は首を横に振る。

――ダメだね。

お前は、甘音ちゃんを辱(はずかし)めようとした。

ファンだって言ってたくせに、彼女を汚そうとした。

だから――。

「んげげげぇぇぇぇぇっ」

顔面めがけて、ローキック一閃。

ゴリラの顔が蹴られた方向にぐるんっ、と回転する。

鼻血を噴き出し、よだれをまき散らしながら、地面を転がる。

「駄目だな、そんな吹っ飛び方じゃあ――撮れ高がない」

地面をゴロゴロなんて、サマにならないことこのうえない。

ももちー先輩ならきっとそう言うだろう。

せっかく準備してもらったスライムプールの「伏線」もいかさないとな。

「立て」

短い金髪をつかんで、引きずり起こした。

「甘音ちゃんの代わりに、お前が泳いでこい。汚れ役を引き受けるなんて、ファン冥利に尽きるだろう？」

「げげげげげげげげげげ!!」

よくわからん悲鳴で拒否られたが——予告通り飛んでもらうとしよう。

寸勁。

「げぇぇぇぇぅぅうう」

さっきも使ったワンインチパンチを、みぞおちに叩き込んだ。

だが、さっきとは違う。

拳の利かせ方が、異なる。

みぞおちにめりこませた拳の中で、何度も「気」を爆発させる。

「気」といったって、別に光る亀の波を出したりするようなシロモノじゃない。

いわゆる「発勁」。

原理は合気とまったく同じで、相手の体重と自分の体重、人体の仕組み、そして地球の重力、その他もろもろすべての要素によって「利かせる」打撃だ。

すなわち。


鳴神流合気柔術・嵐(らん)の型(かた)。

早鐘(はやがね)——。

「あげげげげげげげげげげげげげげげげげげげげげげげげげげげげげげげげげげげげげ

げげげげげげげげげげげげげげげげげげげげげげげげげげげげげげげげげげげげげげ」


無限の悲鳴をゴリラが上げる。

鍛え上げた腹筋といえど、この技の前にはひとたまりもない。

むしろ筋肉(かべ)が硬いほど、内臓(なか)に伝わる振動は大きくなる。

百個の拳大(こぶしだい)の鉄球が、パチンコ台のように腹の中で暴(あば)れ回っている――そんな感覚だろうか。

それだけなら普通の「浸透勁」でも可能なのだが、鳴神流は外部破壊と内部破壊を同時に行うのを特色としている。

具体的に言うと――。

ブッ飛ぶ。

ビルの取り壊し現場なんかで使う、鉄球クレーンを腹にぶちあてられたみたいな感じで。

遠くまで飛ぶ。


「びゅうう」

腹を押さえた体勢のまま、反社会的なゴリラが宙を舞う。

ドーム越しに差し込む陽射しのなか、きらきらと吐瀉物をまき散らしながら、遥か彼方へと放物線を描いて飛んでいく。

「……人間って、飛べるんですね……」

感心したような甘音ちゃんの声は、ゴリラには聞こえていまい。

ドロドロヘドロの緑色プールへ背中から落ちていった。

ドブン、という汚い水音とともに沈んでいく。

……うーん。

やっぱり、撮れ高はないかな。

「き、きたねえぞっ！　足踏みやがって！」

「倒れた相手に顔面蹴り、反則だ！」

呆然と見守っていたチンピラ二人が口々に言う。だったら助けてやれば良かったのに、眠ってたのか？

「うん、汚いな」

俺はあっさりと頷いた。

「陰キャの戦い方は、汚いんだ。覚えておいてくれ――」


チンピラAの右足を、同じように踏んでやった。

首の後ろに両腕を回して引き寄せて、踏んでないほうの足の膝を腹に叩き込む。

「ぐほえ‼」

マカンコウサッポウみたいに、くの字に体が折れ曲がる。

これも撮れ高はないな。口から反吐をまき散らして、汚い。

最後のひとり、チンピラBはすでに逃走を始めていた。ゴリラやAを助ける素振りも見せず、一目散だ。仲間意識まるでなし。

ゴリラ一匹じゃかわいそうだ。おともをつけてやろう。

後ろから襟首をつかんで引き寄せて、チキンウイングフェースロック。

「んぐぽ‼」

肉の筋がブチブチ切れる音が俺の腕の中で鳴る。

戦闘能力を失った二人を、まとめてプールに叩き込んだ。

スライムの飛沫があがる。

あっぷあっぷ、手足をばたばたさせて。

スイミングを楽しんでいるようだな。

――さて。

「お前も泳ぐか？」

と、ブタさんに水を向けてみれば、すでに姿はなく。

甘音ちゃんが指さす方向を見れば、氷ノ上零に抱きかかえられてスタコラサッサと逃げていくところだった。

ブタの逃げ足はゴリラより速いようだ。


「じゃあねェ～ん、カズぅ♪　また学校でねぇ～♪　んぱっ♡　んぱっ♡」


汚らしい投げキッスを、俺は大きく横っ飛びでかわす。

……まったく。

いっさい懲りない、悪びれない。

反社会的勢力よりよっぽど「悪」なブタさんであった。

桃原ちとせの章

桃原(ももはら)ちとせ、十七歳。

私立双祥(そうしょう)女子高校の二年生。

そして、テイカイミュージック所属のアイドル。

実は今日が、デビュー十二周年の記念日だったりする。

五歳の時、子役としてドラマに初出演して以来、ずっと芸能界で頑張ってきた。ほんの端役ではあったがテレビに出続け、現場の大人たちの評価を獲得して、少しずつ下積みを重ねていった。


夢は、アイドルになること。


一部のマニア向けのアイドルではなく、子供たちに人気のある「国民的アイドル」を目指していた。

その夢がようやく叶(かな)ったのは、デビューから十年経(た)った十五歳の時、テイカイミュージックのオーディションに受かり、プロデューサーに認められた時だった。

アイドル・桃原ちとせの誕生である。

彼女はずっと、この時を待っていた。

子供たちの声援を受けながら、煌びやかなステージで歌い踊る自分を、ずっと思い描いていた。

そのために、ずっと下積みを頑張ってきたのだから。

その努力は彼女を裏切らなかった。

美男美女だらけの芸能界にあってもなお埋もれない可憐な容姿と、頭の回転の速さ、芸歴の長さを活かした物怖じしないトークで、あっという間にトップアイドルへと上り詰めていったのである。

十六歳の時には、念願だった紅白にも出場した。

アイドルとして頂点を極めた彼女だったが、その翌年から辛い日々を味わうことになる。

ずっとちとせに目をかけてくれていたプロデューサーが左遷されて、代わりのプロデューサーが担当についた。

帝開グループの本体から来たやり手の人だという話だった。

その新プロデューサーが振ってきた水着グラビアの仕事を、ちとせが断ったのだ。

ちとせなりに誠意を尽くして、丁寧に断ったつもりだったが、その日を境にちとせは干されてしまった。仕事を回してもらえなくなったのだ。

それと入れ替わるように、「るあ姫」こと高屋敷瑠亜がアイドルデビューした。

日本一の資産家として名高い高屋敷家、その令嬢がアイドルにということで、話題性は十分だった。帝開グループによる全面バックアップ、湯水のようにカネを使う宣伝攻勢はすさまじかった。

まさに彗星の如くデビューした瑠亜は、ちとせの長い下積みを嘲笑うかのように、たった一年でトップアイドルへと上り詰めてしまう。

同じ空に、二つの太陽は昇らない。

瑠亜の台頭により、ちとせはますます事務所の「推し」から外れてしまった。

テレビの仕事が減り、人々の目に触れる機会が減り、それに比例して、人気は陰っていった。ＣＤの売り上げは紅白出場時の半分に落ち込み、「桃原ちとせは何故おちぶれたのか」なんてＳＮＳで話題になる始末だった。

――こんなことくらいで、へこたれないんだから！

――もう一度、トップに返り咲いてやるわ！

桃原ちとせには根性があった。

事務所が推してくれないなら、自分で自分をプロデュースするしかない。

自分のヨウチューブチャンネルを起ち上げ、個人で活動を始めた。

トークや歌がそれなりの人気を博して、まずまずの成功、登録者数十万人を獲得したが

――百万人以上の登録者数がいる瑠亜と比べれば、やはり差は歴然としている。

悩みに悩んだすえ、ちとせは他の人気ヨウチューバーとのコラボを選択した。

事務所に紹介されたのは、近年、アウトロー系・格闘系のヨウチューバーとして伸びてきていた清原兄弟だった。

ちとせから見ても危ない匂いのする連中で、正直気が進まなかったが、彼らが持ってる「数字」は本物だった。清原兄弟からしても、男ばかりでむさ苦しくなりがちなチャンネルの彩りということで、ちとせとのコラボはメリットがあるらしかった。

――これはビジネスよ、ビジネス。

そう言い聞かせて、ちとせは清原兄弟のチャンネルにレギュラー出演することになった。

おかげで、十万人の登録者が二十万人に倍増した。

ちとせは喜ぶいっぽうで、心のどこかがちくりと痛むのを感じた。

――あたし、どうしてアイドルになりたかったんだっけ？

子供に人気のある国民的アイドルに、なりたかったんじゃなかったっけ？

確かにチャンネルの数字は取れたよ。でも……。

あたし、どうしてここにいるんだろう？

◆

素人格闘技大会「黒に染まれ」は、クライマックスを迎えていた。

百人のトーナメントを勝ち抜いたケンカ自慢が、いま、清原長男との試合をリングで行っている。

いつものことながら、試合展開は一方的だ。

プロ格闘家である長男のパンチやキックが面白いようにヒットして、相手は二回目のダウン。危なげない試合運びだ。しかし、対戦相手も粘りを見せている。瞼から血を流しながら、ぎりぎりのカウントナインで立ち上がり、観客から歓声が起きていた。

実は、これは「つくり」である。

「やらせ」だ。

清原長男がわざと手加減して、ほどよい善戦を演出しているのだ。

彼が本気になれば、一撃で相手を昏倒させることも可能なはずだった。

たぶん、殺すことも。

清原長男の強さは、ちとせの目から見ても「本物」だった。元々はキックボクサーで、ヘビー級の日本チャンピオンも経験している。そこから総合格闘技に転向し、ここでも負けなし。キック時代から派手なＫＯがウリの選手だが、地味な関節技も器用にこなす。海外の団体からも声がかかっている逸材だ。彼に素手で戦って勝てる男は、少なくとも国内にはいないだろう。


——でも、あたし、こいつ大っ嫌い！


ちとせは知っている。

彼ら兄弟が、群がるファンの女の子たちに酒を飲ませて、好き放題やっていることを。

その中には未成年だっている。

証拠を押さえたわけではないが、見ていれば、だいたいのことはわかる。

女の子のほうにも落ち度はある。

人気者だからといって、見るからに危ない男のところに行ってしまうのだから、まるきり責任がないとは言えない。

だが、彼女たちの愚かさと、清原たちの悪辣さは、また別の話だ。

——いずれこいつら、告発して刑務所に放り込んでやるっ！

今のちとせが告発しても、握りつぶされてしまう。

清原兄弟はテイカイミュージックの母体である帝開芸能事務所に所属している。帝開は日本の権力中枢に入り込んでいるのだ。

実はそれとなく、警告されたこともある。

事務所のプロデューサーが、こう言ったのだ。


『ちとせ。お前が清原さんの〝何か〟を見たとしても、忘れたほうがいいぞ』

『お前の言うことなんて、警察も誰も信じないからな』

『お前は賢いから、わかるよなぁ？』


——腐ってるわ、こいつら。

いったんは引き下がったちとせだが、もちろん、あきらめてはいない。

自分が再び頂点に返り咲いた時には、その名声と人気を活かして兄弟の悪事を白日の下に晒してやるつもりだった。

だから今は、清原を利用して――。

大きな歓声が巻き起こり、ちとせはふっと我に返った。

リングの上で、清原長男が勝ち名乗りを受けている。

何も知らない多くの観客たちが、熱狂的な声援と拍手を彼に送っていた。

見るに堪えない――。

顔をそらしたちとせが、その時思ったのは、さっき試合で派手な場外負けを見せたあの「彼」のことだった。

鈴木和真、とか言ってたっけ。

平凡な名前。

陰気な顔に似合わず、超可愛い女の子を三人も連れていた。

その中には人気急上昇中の新人声優・湊甘音まで交じっていた。

清原次男と高屋敷瑠亜に拉致された甘音たちの救出は、間に合っただろうか？

次男の目的は湊甘音だろうけれど――瑠亜の目的はなんだったのだろう？

なぜ「彼」とあんな親しげにしていたのだろう？

あの「彼」に、高屋敷瑠亜を引きつける何かがあるのだろうか？

確かに、ちょっとオモシロイやつではあったけれど……。

──ていうか。

思わず声に出して、ちとせは毒づいた。

「なんであたし、あんなヤツのことが気になってんのよ‼」


あんなヤツ！

あんなヤツ！

ひたすら床を蹴っていると、清原長男がちとせのいるゲスト席に戻ってきた。

すぐに気持ちをビジネスモードに切り替え、ちとせは微笑(ほほえ)む。

「超星(すたー)さん、お疲れ様でした！　試合すごく盛り上がってましたね！」

だが、長男は浮かない顔である。

ぶっきらぼうに言い放った。

「来い。裏で今後の打ち合わせするぞ」

「──あ、はい」

二人は設営テントの中に入った。

そこには配信機材が置かれ、数名の撮影スタッフたちが詰めている。

長男はスタッフにタブレットを持ってこさせて、厳しい表情で画面を見つめた。

「やはり、同接落ちてるな」

「えっ、本当ですか？」

「前回の『黒染ま』決勝は、同時接続視聴者数が十万人に到達した。だが、今回は九万八千人しか見てない。微減に見えるが、今大会は過去最大規模で賞金も十倍出してる。なのに何故落ちてるんだ？　これじゃあ、この後のメンバー限定配信も盛り上がらない。いったい何が原因だ？」

黒光りするスキンヘッドに、血管が浮いていた。

おそるおそるスタッフが答える。

「あの、でも、たった二千人ですし、誤差の範囲では……」

パンッ、と乾いた音がした。

「だから誤差を考えても落ちてるって話だろう。頭悪いなお前」

長男がスタッフを平手打ちしたのだ。

テントの雰囲気がピリッと張り詰める。

「ちとせ。お前はどう思う？」

「……」

ちとせはしばらく考えた。

この長男は、馬鹿でスケベなだけの次男・三男とは異なる性質を持っている。

スケベなのは同じだが、ビジネスには聡い。

数字というものをしっかりと見据え、様々なプロモーションを考えて実行に移している。

半端な答えでは、怒りを買うだけだ。

「いろいろ考えられますけど、一番の原因は、みんなが刺激に慣れてきちゃったんだと思います」

「……うむ」

「最近、清原さんの真似をして同じような企画やってる格闘系ヨウチューバーも出てきましたし、最初のインパクトが薄れてきているのかもしれません」

「つまり『清原兄弟』というコンテンツが、飽きられ始めていると？」

「はい。言葉を選ばずに言えば」

スタッフたちが息をのむ。

だが、その回答は長男を満足させたようだった。

「さすがは、元トップアイドルだな。よく愚民どもの心理をわかってる」

「……あはは」

ちっとも褒められた気がしなくて、ちとせは曖昧に笑った。

ちとせは、自分のファンのことを「愚民」だなんて言うやつが大嫌いだ。

アイドルの中には、自分のファンのことを裏で「キモイ」なんて言う輩がいるのは確かだ。だが、ちとせは、その価値観にはどうしても乗れない。同意できない。自分を応援してくれる人たちをそんな風に言うのが理解できないし、許せなかった。

ちとせと反対の価値観を持つ長男は、事もなげに言った。

「そういうことなら、話は簡単だな。愚民どもに、さらなる刺激を与えてやればいい」

「ええ。でも、それが難しいって話では？」

「いいや？　簡単だよ」

長男は真面目な顔で答えた。


「この後のメン限配信で、お前、脱げや」


ちとせは、何を言われたのか、わからなかった。

「脱げって……あたしに水着になれと？」

長男はせせら笑った。

「水着如きで今どき、刺激になるわけないだろう。全裸だよ。上も下も、全部脱げ」

「は、はぃい？」

長男の顔を見返した。

顔は笑っているが、その目は笑っていない。

「そ、そんなの、ヨウチューブの規約にひっかかりますよ？　アカウントＢＡＮされるに決まってるじゃないですか」

「メンバー限定で、ヨウチューブとは別のところで配信するという手もある。万が一バレてＢＡＮされても、それが話題になれば新しい客を呼び込むこともできるだろう？」

「……いやいや、おかしいですって。冗談ですよね？」

「俺は本気だよ。ちとせ」

じわりと、背中に汗が滲む。

気がつけば、スタッフがみんないなくなっていた。

空気を読んでテントから出て行ったのだ。

それは、清原兄弟が女性ファンと会う時の、暗黙の行動だった。

「あの桃原ちとせのフルヌード。……いや、それだけじゃ撮れ高がない。投げ銭がウン百万突破するたびに脱いでいくとか？　……駄目だな。デキの悪いＡＶだ」

長男はぶつぶつとつぶやいている。

「そうだ。大会の参加者全員、百人の男たちと絡むっていうのはどうだ？　アウトロー百人と、元トップアイドル美少女の絡み。刺激的だと思わないか？　すごい『撮れ高』だ」

膝ががくがく震えそうになるのを、ちとせは必死にこらえていた。

なけなしの勇気をかき集めて、毅然として言う。

「あたし、そういう売り方はしてませんから。事務所にもちゃんと話してます。もし強引にそういうことさせるなら、この場で社長に電話して――」

つかつかと長男が歩み寄ってきた。

その手に、スタッフが用意した打ち上げ用の缶ビールが握られている。

「キャッ！」

缶ビールの中身を顔にかけられた。

炭酸の弾ける音と、ひりつく皮膚の感じ、そして唇を濡らすアルコールの苦みと熱が、ちとせの頭をくらくらさせた。

「これで未成年飲酒だな？　ちとせ」

長男の口調が変わっている。

完全に「反社会勢力」のそれだった。

「で？　誰に電話するって？」

「……っ！」

「落ちぶれたお前と、人気絶頂の俺。どっちの言い分を社長は信じるかな？　なぁ？　試してみろよ――」

二リットルのペットボトルより太い腕が伸びてきて、ちとせのTシャツを力任せに引きちぎった。

コットンのシャツが薄紙のように引き裂かれ、ピンクの下着が露わになる。

「ほう……」

少しも無駄なところのない、見事な肢体だった。

ずっとずっと、子供の頃から、アイドルであるために磨き抜いてきた。柔らかな曲線とストイックなくびれ。決して、下衆な男に捧げるためのものではない。だが、持ち主の想いとは裏腹に、それは下衆を引き寄せてしまう。

長男が舌なめずりをした。

「百人の前に、俺と絡むか」

「イヤッ！」

真っ白な肌をいやらしい視線でねめつけていた長男の視線が、その時、ある一点で止まった。

ちとせは隠そうとしたが、間に合わなかった。

「お前、その傷……」

白くて滑らかな脇腹。

そこから腰にかけて、皮膚がひきつれたような大きな傷跡――手術痕があった。

かなり、目立つ。

たとえば水着になれば、それは、誰の目にもわかってしまうに違いなかった。

「なるほどな」

長男は唇の端を吊り上げた。

「お前が干された理由は、水着グラビアを断ったって話だったが、なるほど、その傷を見られたくなかったワケか」

「……ち、ちがうの、これは……」

「確かに派手な傷痕だな。なるほどなるほど、桃原ちとせは元から〝キズモノ〟だったわけだ。なら、今から俺がキズつけたところで、何も問題はないよな――」

丸太のような腰がのしかかってきた。

ちとせは涙を流していた。涙を流しながら、精一杯、手足を動かした。やめてよ。お願いだから。やめてよ。大声を出そうとするのに、喉に何かが詰まったように、出るのは弱々しい嗚咽だけだった。

恐怖のあまり、目をつむった。

閉じた瞼をこじ開けるように、さらに涙が溢れ出した。

――ごめんなさい。

ちとせの頭に浮かんだのは、謝罪だった。

ファンに対して。

あるいは、ここで終わる自分の夢に対しての――。

その時だ。

ズンっと大きな音がして、のしかかっていた重みが急に軽くなった。

粘土のような臭いが鼻をつく。

手に何かついている。

それは、緑色の粘液だった。

一時期、ヨウチューバー界隈で流行した「スライム風呂」の素材である。

——なんでこんなものが、ここに？

起き上がったちとせが見たものは、スライムまみれになった清原次男と、その次男の巨体に押しつぶされた長男という、滑稽きわまりない光景だった。

「へ？　へ？　へっ？？」

何度も瞬きするちとせの肩が、ぽんと叩かれて——。

「すいません、ももちー先輩。急にお邪魔して」

申し訳なさそうに、彼は頭をかいていた。

鈴木和真。

どう見ても冴えない、目立たない、いわゆる陰キャな彼——。

「合意ではなさそうだったので、とりあえず助けたんですけど。余計なことでしたか？」

言葉が出てこなかった。

ちとせは夢中で首を横に振った。

「そうですか。なら、良かった——」

彼が微笑んだその時、清原長男が起き上がった。

「貴様、何故ここに……。どうやって楽月を倒した⁉」

「別に。そいつが自分で用意したスライムプールで泳いでもらっただけさ」

事もなげに言うと、彼は自分が着ていたパーカーを脱いだ。

見えてしまったその裸の肉体に——ちとせは思わず息を呑む。

傷だらけだ。

小さな切り傷、擦過傷などはもちろん、刃物で刺されたり斬られたりしたような傷も多く見える。さらに恐ろしいことに、小さな丸い蜘蛛の巣のように見える無数の痕……これはまさか、弾痕ではないだろうか？

高校一年生が、いったいどんな人生を送ってきたらこうなるのか。

この肉体に比べたら、自分の傷なんて——。

「見られたくはなかったんですけど、その、先輩の肌は魅力的すぎて、目に毒なので」

視線を逸らしながら彼は言って、上半身裸のちとせにパーカーを羽織らせた。

全力で走ってきてくれたのだろう。

パーカーからふわりと漂う、彼の汗の匂いに、ちとせの頬と涙腺が熱くなった。

「――かっこいいなあ。陰キャくん」

弟の体をゴミのように押しのけて、長男が立ち上がる。

落ち着きを取り戻し、不敵な笑みを浮かべて彼をにらみつけた。

「動画の計画変更。『陰キャくん、百人にボコられてコンクリート詰め、哀れ東京湾に沈む』――なんてネタはどうだ？　人が殺されるところなんて、最高の撮れ高だろう？」

「それより、もっといいネタがあるぞ」

彼は淡々と言い返した。

「『人気格闘ヨウチューバー、トップアイドルももちー先輩に泣きながら土下座』だ。いつも偉そうにしている偉くないやつが、雑魚にふさわしい末路をたどる。最高の撮れ高だろう？」

「……貴様……」

浅黒いスキンヘッドが怒りで赤く膨れ上がる。

「ももちー先輩、下がっててください」

傷だらけの背中でちとせを守りながら、彼は言った。

「先輩のために、最高の撮れ高、お見せします」

#4 〈普通だから百人のアウトローと戦ってみる。〉

S-kyu gakuen no jisho "Futsu", kawaisugiru kanojo tachi ni Guigui korarete Barebare desu.

こんなことだろうと思った。

案の定、である。

清原兄弟。

三男がいっちゃんに手を出して。

次男が、甘音ちゃんを的にして。

ならば長男も何かしでかすだろう——と思っていたところだったのだ。

やつの企みは、こうだ。

俺が「黒に染まれ」の大会に出場しているスキに、甘音ちゃんたちをさらう。

そういう作戦を、ブタさんに吹き込まれたのだ。

ブタは三人への復讐を果たせる。

清原兄弟は、極上の美少女を三人手に入れることができる。

両者の利害が一致しての、この作戦だったわけだ。

だが——その企みは挫かれてしまった。

俺が阻止したのだ。
ももちー先輩のおかげだ。
撮れ高に気をとられていた俺に、甘音ちゃんたちの危機を知らせてくれたのは彼女だ。
おかげで、第二プールに連れ込まれていた三人を助けることができた。

だから——今度は俺が、先輩を助けるターンだ。

◆

ももちー先輩を背中にかばいながら、清原長男と対峙する。
さすがに次男や三男とは違う。
肉体が発する「圧」が違う。
分厚く、そして密度の濃い筋肉。
痩せた三日月のように細い目が、殺気に満ちて粘っこく光っていた。
「ガキが、思い知らせてやる——」
やつは、俺と視線を合わせたまま、ゆっくり後ずさる。
さっきの試合会場の方へと、後ずさっていく。

すでに大会は終わっているが、観客は半分以上残っている。

大会「黒に染まれ」に参加した百人のアウトローたちも居残っている。

ヤンキー、チンピラ、ならず者だ。ウンコ座りでしゃがみ込み、煙草を吸って、酒を飲んで、周囲にゴミと騒音をまき散らしている。

そんな連中が、長男の姿を見かけた途端――。


「あれ、さっきのブッ飛び陰キャじゃね？　まだ居たのか？」

「マジ？　今からメン限配信？　もう撮ってんの？」

「チャンピオンだ！」

「おい！　超星さんだぜ！」


長男は唇の端を吊り上げて、大声で言った。

「これより『黒染ま』のメンバー限定配信を始める！」

百人のアウトローたちが、歓喜の奇声を発した。

俺は背中に守る桃髪のアイドルに尋ねた。

「ももちー先輩。メンバー限定配信ってなんですか？」

「清原兄弟のオンラインサロンにお金を払ってるメンバーしか見られない、特別な番組よ。視聴者がコアで限られているから、普通の配信より過激なことができるの」

ふうん。

過激、ね……。

長男が演説を続ける。

「今日のテーマは『陰キャVS不良百人』だ。大会参加者百人全員で、このガキと戦ってもらう。タイマンを百回やってもいいし、百人で一斉にかかってもいい。お前らに任せる」

えっ、というどよめきが起きた。

百人分のどよめきだ。

その声が、視線が、怒濤のように押し寄せてくる。

背中でももちー先輩が足をすくませる気配が伝わってきた。

安心させるため、その細い腰を抱き寄せた。

「大丈夫です。俺が守りますから」

先輩は恥ずかしそうにモジモジして「馬鹿……」とつぶやいたが、俺の胸に顔をくっつけて離れようとはしなかった。

ヤンキーのひとりが声をあげた。

「おいおい、何ももちーとイチャついてんだよ！　陰キャ！」

「あんだけかっこ悪い負け方しといて、よく粋がれるなぁ？　オオ？」

　百人の敵意が束になって、俺の体にぶつかってくる。

　さっき長男が企画を宣言した時は、戸惑いもあったように思う。「いくらなんでも、百人で一人をボコるなんて」という戸惑いだ。もちろんそれは俺を思いやったわけではなく「勝負にならない」「撮れ高なさすぎ」ということで発したものだろう。

だが、可憐な美少女アイドルをこの手に抱く俺を見て、その戸惑いは敵意に変わったようだ。

　そこにすかさず、長男が油を注ぎに行く。

「さらに追加だ。あの陰キャから桃原ちとせを取り返したら、ちとせをお前らの好きにしていい。いいか？　もう一度言うぞ。『好きにしていい』。ケツは全部この俺が持ってやる。さらに最初にゲットしたやつには、一千万の賞金を出す！」

　再び、百人分のどよめきが起きた。

　そこにはもう、戸惑いはない。

　興奮にまみれた声だった。

「マジかよ、あのももちーを」

「いいの？　配信で？」

「しかも一千万もらえるって……」

「やべーっしょ、それ、やべぇッ！」

「バカ、超星さんならやるんだよ！　やれるんだよ！」

「さすが、俺たちのカリスマ！」

へえ。

百人の男で、女の子ひとりを嬲(なぶ)り者にせよというのが、カリスマか。

どうやら「カリスマ」の定義は、俺が知らないうちに書き換わっていたらしい。

盛り上がる観衆に満足したように、長男が言った。

「オンライン上のコメントも盛り上がってる。そこの大型ビジョンに映すから、リアルもネットも同時に盛り上がろう」

プールの背後にあるイベント用の大型モニタに、配信の様子が映し出されている。

コメントがすごい勢いで画面を流れている。

■不良三世　　すげー超星さん、気前よすぎぃ‼
■るあ姫好き好きマン　　え、ほんとに？　ももちーが？　え？　え？
■シルヴァーナ公爵　　今から会場行っても間に合いますか⁉
■無頼(ぶらい)男　　デストローイ！

■クリリソ　　　悟空！　はやくこないでくれ――――！
■はべりん　　　あの陰キャ、さっきすげー飛んでたヤツじゃんw
■炭酸抜きコーラ　　　オイオイオイ死ぬわアイツw

わざわざこの反社兄弟に月謝を払っているような連中、そのモラルと知能は推して知るべしだ。

配信を見てる連中も、ここに集まった百人と大差はない民度のようだ。

咎めるようなコメントはいっさいない。

「どうした陰キャくん。今更びびってももう遅いぞ？」

カリスマは勝ち誇ったように言った。

「動画が伸びる秘訣を教えてやろうか？　カネと、暴力と、セックスだ。この三つこそ最大の撮れ高、エンタメなのさ。だから俺たち兄弟が天下を取れる。世の愚民どもがそれを選択したんだ。お前とちとせには、その生贄になってもらう――」

なるほど、貴重なご意見だ。

「ごめんなさい」

か細い声が、その時聞こえた。

ももちー先輩が、大きな目に涙を浮かべながら、俺を上目遣いに見つめている。

「あたしのせいで巻き込んで。本当にごめんなさい。あんたはただ、女の子たちと遊びに来てただけだったのに」

俺はその涙をそっと拭った。

百人から怒号があがる。

「俺は、あなたを泣かせるようなやつを、無条件で憎むことができます。それがカリスマだろうとチャンピオンだろうと、知ったことじゃありません」

そもそも、俺は正義の味方ではない。

俺は、俺が可愛いと思う女の子の味方だ。

だから――。

「ももちー先輩。すぐそばで、見ていてください」

左手で美少女の腰を抱いたまま、俺は百人と対峙する。

「『外道』や『反社会勢力』より〝陰キャ〟のほうが強いってところをね」

◆

百人のアウトローたちが、じりじりと迫ってきていた。

まさに肉の壁だ。

木刀や鉄パイプを手にしている連中もいる。

メリケンサックのようなものをはめているものまでいる。

今は出してないが、刃物を持っているやつもいるだろう。

彼らの背後では、彼らのカリスマがにやにやと笑っている。

「もうわかってるぞ。真陽(さにー)をやった『合気使い』は、やっぱりお前なんだろう？　弟は油断して技をかけられてしまったんだろうが、百人が相手じゃ合気なんてなんの役にも立たないぞ」

……ふむ。

どうやらカリスマ氏は、何か勘違いしているらしい。

「お前、頭悪いな」

「……何？」

「お前のような外道に『合気』なんて優しい技を使うわけがないだろう――」

古来「お仕置き」とは、鉄拳制裁(てっけんせいさい)と相場は決まっている。

拳(こぶし)を固めた俺を見て、長男は号令を下した。

「まとめてかかれ！　殺せ!!」

大型ビジョンに一斉にコメントが流れる。

■清原の弟子　うおおお殺せえええ!!
■モヒカン　汚物陰キャは消毒だァァァ！
■レッドボロン　ももちーをもっと映して!!
■破滅の使徒　はやくえちえち！　えちえち！

――さて。

今回は『一対多』の戦闘である。

この際、よくセオリーとして言われるのが「壁を背にする」戦法だ。そうやって地形を上手く利用すれば「一対一」の状況を限定的に作り出すことができる。地形を味方につけて、地の利を得るのだ。

昔、師匠にもこう教えられた。

『一対百を一度こなすのより、一対一を百回こなすほうが楽なのよ～』

その意味はよくわかる。

俺も、普通ならそんな風に戦う。

だが――今回のように開けた場所で戦う場合、その戦法は使えない。

しかも、ももちー先輩を守りながら戦うという条件付き。

ではどうするのかというと――。

「先輩。ひとつ聞いてもいいですか」

「う、うん、何？」

先輩の声はしっかりしていた。百人の飢えた男に囲まれ、狙われている状況で、パニックにならないだけでもすごい精神力だ。

「体力に自信ありますか」

「普通の女の子よりは、鍛えてると思う」

見事なプロポーションからもそれは窺える。アイドルとして、摂生と体力づくりを欠かしていないのだろう。

「かなり激しく動きます。落ちないようにしてください」

「えっ？」

「失礼します」

ももちー先輩の引き締まった腰を左腕で抱き寄せて、左肩に担ぎ上げた。

クセのない綺麗な桃髪が俺の背中に垂れ下がる。

ミニスカートのプリーツがちょうど俺の頬のあたりで揺れている。サラサラとして、くすぐったい。

「ちょ、ちょっとこの体勢、恥ずかしいんだけど⁉　下から覗かれちゃうじゃない！」

「すいません。我慢してください」

俺としては役得なので……とは言わなかった。怒られるから。

では、始めようか。

「おるぁあああああああああああああ‼」

一番乗りで突っ込んできたのは、拳にメリケンサックをはめたリーゼント男だった。面長の馬面。特にアゴが人より長い。

ふむ。

このアゴ、おあつらえ向きだ。

「おるぁあああああああああああああああアゴッ⁉」

アゴを踏み台にする。

ももちー先輩を担ぎ上げたまま跳躍し、右足で蹴りを放って長いアゴを踏みつけ、押し寄せるアウトロー百人全員の頭上へと跳ぶ。

これぞ「地の利」。

守るにも攻めるにも、低所より高所のほうが有利なのは自明のことだ。

腕に覚えありで集まった喧嘩自慢たちだ、実戦経験はそれなりに豊富だろうが、頭上から襲いかかってくる敵と戦ったことはないだろう。

次に大事なのは、一度キープした「地の利」を保持し続けることだ。

後から後から押し寄せる「足場（てき）」を、俺はどんどん蹴りつけていく。

名付けて、超土管髭男蹴（ひげおとこしゅう）。

「ハナッ！」

「デコッ！」

「ツムジッ！」

わかりやすい悲鳴をあげてくれている亀や栗（くり）に感謝しつつ、足場を踏みつけて跳躍し続ける。サンダルの底に伝わる人の顔の感触、ひさしぶりだ。小五の時、ロシアの特殊部隊三十名の顔面を踏み踏みして以来だろうか。

かなり激しく上下運動するので、

「うひゃ！　ぬひゃ！　もひょ！　にゅああ!!」

……と、~~ピーナ姫~~ももちー先輩が面白い悲鳴をその都度あげてくれている。

この殺伐とした争いの中で一服の清涼剤ではあるのだが、悲鳴のたびに、必死になって手を伸ばし、翻（ひるがえ）るスカートを押さえる仕草をするのが、ちょっとかわいそうだ。ステージ上の盗撮対策が体に染みついているのだろう。

「すみません先輩」

「今度は何よぉっ⁉」

「後でいくらでも怒られますから」

ひらひらするスカートを、右手でギュッと押さえた。

「アッ……」

さっきとは違う色の悲鳴をあげ、先輩の背中が反り返る。

なるべくセンシティブな場所には触れないように注意したが、スカート越しに浮かび上がる見事な丸み、その裾野あたりには指先が触れてしまう。そのたびに、超人気アイドルの太ももはびくりと痙攣し、真っ白なかかとが空を掻いた。

そんな不埒な役得がありつつも、俺は次々にアウトローたちを戦闘不能にしていく。

なにしろ俺と先輩二人分の体重＋蹴りの威力が、頸椎にかかるのだ。立っていられるはずがない。耐えられるとしたら、首を念入りに鍛えている相撲取りやレスラーだけ。きっと首が土管みたいに太いはずだから、そんなやつがいたらすぐにわかる。

三十人くらい、倒しただろうか。

コメントの風向きが変わってきた。

■モグラ　陰キャまたもや跳びすぎｗｗ
■コインブラ　無限増殖できそうｗ
■盗撮マン　もう少しで見えそうなのにぃぃぃ!!
■モリケン　陰キャの手邪魔ぁぁ!!
■硬派神　けっこー陰キャがんばるじゃん
■イリューヒン　てか、マジですごくね？

清原長男が焦れたように叫ぶ。

「馬鹿どもがッ！　エモノを使えエモノを!!」

上空からの攻撃にパニックに陥っていた百マイナス三十人は、その一言で我に返った。

「そ、そうだよ、バットなら届くじゃん！」

「下から突っつき返してやればいいんだ！」

いいね。

なかなか賢明な作戦だ。

バット如きじゃどうにもならないが、もしやつらに原始人並みの知能があって、バットや鉄パイプの先にナイフを括り付ける手段を思いつけば、それなりに厄介ではある。

しかし、もう遅い。

なろうのタイトルよりもう遅い。

俺がただ踏んでいただけ、跳んでいただけだと思うのか？

試合の時、あれだけ派手に跳んで見せたっていうのに。

それに気づいた長男がうめくように言った。

「こ、こいつ、壁の側に……！」

そう。

俺はすでに、アウトローたちの背後に回り込んで、プールの側にまで移動している。

そこには、第二プールと敷地を隔てるレンガの壁がある。

つまり、壁を背にして戦うことができるのだ。

俺は数分ぶりに地上へ帰還し、両足で地面を踏みしめつつ、肩に担ぎ上げていたももちー先輩を下ろした。

「先輩、すみませんでした」

「…………」

先輩の顔は真っ赤に染まっていた。たっぷりと汗をかいて、肩で息をしていた。ふとももが汗とは別のもので濡れている。モジモジしながら、じっと、責めるように、あるいは切なげに、俺を見つめている。

このままずっと見つめ合いたくなってしまうが——。

「今度は、俺の陰に隠れていてください。なるべく壁に背中をくっつけて」

「ど、どうする気？」

「普通に、戦います」

ももち一先輩を下ろしたということは、両手が自由になるということだ。

アウトローたちが襲いかかってくる。

武器を手にしたアウトローだ。

拳を固めて、構える。

さて——。

こいつらにも、跳んでもらおうか。

◆

迫り来るアウトローたちは、凶器を手にしていた。

ナイフ。木刀。鉄パイプ。金属バット。

持ち合わせがなくて現地調達したのか、プールに店を出している焼きそば屋の宣伝ポールを手にしている者までいる。

凶器準備集合罪で逮捕できそうな連中だが、ブタさんが絡むと日本が法治国家でなくなるのはいつものことである。

五人の凶器男が、ももちー先輩を背後にかばう俺を、半月状に取り囲んだ。

人数で勝り、しかも武器まで持っている。

負ける要素はない――とたかをくくっているのが、にやついた表情から見て取れる。

だが、俺に言わせれば逆だ。

武器を手にすることが、イコール、そのまま有利とは限らない。

たとえばナイフ。

ナイフを持ったところで、本気で刺せなければ意味はない。

躊躇（ちゅうちょ）なく急所に突き刺す「度胸」と「慣れ」が必要である。

これみよがしに取り出して見せている時点で、素人（しろうと）なのは明白だ。

もし俺が逆の立場でナイフを使うとしたら、刺すその瞬間までナイフは「隠す」。そして、チャンスとみれば、喉か心臓を狙って躊躇なく刺す。もちろん、殺すつもりで。その覚悟がないなら、ナイフなど手にするべきではないのだ。

度胸も慣れもない人間が使うと、ナイフは逆に「枷（かせ）」となる。

そう、ちょうど目の前にいるモヒカン刈りの男のように。

「おらおらどうしたッ！　来いよ来いよッ！」

威勢のいいことを言いながら、モヒカンはナイフを振り回している。

だが、浅い。

俺の蹴りや拳を警戒してのことだろうが、腰がひけている。

仮に切っ先が触れたとしても、軽い切り傷程度で済む。

ナイフを手にした時点で、関節技や寝技に来る可能性はほぼゼロだ。俺にしてみれば、こんな楽な相手はいない。

そら。

へっぴり腰のせいで、顔面がお留守だぞ——。


「びゅびゅびゅびゅ!!」


ナイフを突きだそうとしていたモヒカン男が、個性的な悲鳴をあげた。

ゴリラ次男に使った「発勁(はっけい)」を、顔面に叩(たた)き込(こ)んでやったのだ。

具体的には、口。

ヤニだらけで真っ黄色な前歯に「勁」を食らわせてやった。

煙草なんか吸うより、「勁」のほうが栄養あるかもしれないぞ——。

「ぶぶぶぶ!!」

顔面鼻血だらけで後ろへ倒れたモヒカンの向こうから、次々と反社会的勢力が押し寄せてくる。「反社回転寿司（ずし）」とでも名付けようか。正直、どの皿も取りたくないが、まあ、来るっていうのなら――。

「がぼぼ!!」

木刀を振り上げた男に、カウンターのつま先蹴り。
右足の親指を、みぞおちに突き刺す。
当ててから、ねじる。
親指に力をこめて、木刀男の腹筋をねじ切るようにつねった。

「ががぼぼぼぼぼぼぼぼ!!」

腹を押さえてうずくまった木刀男と入れ替わりに、金属バットと鉄パイプが左右から襲いかかってきた。

うん、この使い方はいい。

武器のリーチを最大限活かして、遠い間合いからの挟み撃ち。

反社らしい、卑怯な戦法で大変よろしい。

まぁ、通じないんだが――。


「あべべ！」

「だべべ！」


金属バットが、鉄パイプ男の右肩を強打した。

鉄パイプが、金属バット男の左肩を痛打した。

同士討ち。

俺が仰向けに地面に倒れ込み、狙うべき目標が消失したため、勢いあまってそうなったのだ。

リーチのある武器の弱点。

強く振れば振るほど、急に武器を止めることができなくなる。

遠心力という物理法則は、それを理解できない知能の持ち主にも、平等に働くのである。

「死ねや陰キャあああああああああああああ!!」

最後のひとり、スキンヘッドの巨漢が、焼きそば屋の宣伝ポールを振り回しながらつっこんできた。

「お肉たっぷり」「広島風ソース」なるのぼりがはためいている。

お店の呼び込みとしては優秀だが、戦闘者としては三流だ。リーチのある武器を持っていながら突っ込んでくるなんて、素手のほうがまだマシである。

広島風ソースをかわして、懐に飛び込んだ。

巨漢の顔に驚愕が浮かび上がる。

今日の戦闘で、俺はこの「懐に飛び込む」を多用している。不良ヤンキー反社どもは、弱い者を怖がらせて追い詰めて、カサにきてボコるっていうのが習い性だ。「陰キャ弱者は、俺様が強く出れば退く」「だから追い詰める」「ボコる」「かんたん!」という論法だ。

追い詰めるのは大好きでも、追い詰められるのは慣れてないんだろう?

いつもいつも、陰キャが逃げてばかりだと思うなよ——。

「あぼぼぼぼぼぼぼぼぼ————ん!!」

今日三度目の鳴神流合気柔術「早鐘(はやがね)」。

またもや個性的な奇声をあげながら、巨漢が反吐(へど)をまき散らす。

後ろのももちー先輩にかからないように、のぼりを奪って、受け止めた。

「すいません先輩。髪にかからなかったですか？」

先輩は壁にぺたんと背中をくっつけたまま、青ざめた顔でコクコク頷(うなず)いた。

「良かった。じゃあ、しばらくそのままでいてください。あと少しですんで」

■ばくお。　武器もった連中が負けてて草
■銀二(ぎんじ)　なにものあいつ
■阿畑ノン　いや強すぎんだろ
■ノンドル　ナイフ出されて平気なの？　ナンデ？
■基山　無表情なのがマジこえー

コメントの内容がずいぶん変わってきた。

さて、そろそろ陽も暮れ始めた。

プールの外に避難させた甘音ちゃんたちを待たせるのも悪い。

終わらせよう。

■ミンチ男　拳一発でウソだろ
■デンドウ　人間が木の葉みてーに吹っ飛んでる！
■ヤリチン　早すぎて見えねえ
■砕月　なんなんマジ、なんなん
■うんこマン　え？　これやらせでしょ？　ガチなの？

駆け抜ける。

無法者たちの荒野を、陰キャ男子が、拳とともに駆け抜ける。

ひと突きごとに、不良のうめき声があがる。

ひと蹴りごとに、ヤンキーの悲鳴があがる。

ひとり、またひとりと、数を減らしていく。

もうここまで来たら、人数の差は関係ない。

むしろ向こうが不利になったといっていい。

「百人、なら負けるはずがないっしょw」から、「百人、なのに負けるのか⁉」へと形勢が変化したのだ。数にまかせて粋がっていた連中が、恐慌状態に陥るには十分な状況だ。

すでに立ち向かってくる者はほとんどいない。

俺が前に出ると、引き潮のように後ずさる者ばかりで、すでに戦闘と呼べるものではなくなっていた。

いつもの俺なら、逃げる者を追うことはしない。

降りかかる火の粉を払えれば良いのだから、深追いはしない。

だが――。

今日はダメだ。

徹底的にぶちのめす。

二度とももちー先輩や甘音ちゃんたちに手を出さないよう、わからせておく必要がある。

それだけじゃない。

俺は、怒っている。

ずっと幼なじみの奴隷で、友達もいなくて、彼女もいない俺が、今日という日をどれだけ楽しみにしていたのか――。

お前らには、わかるまい。

友達や彼女と浮かれて、こんなところに遊びに来て、人気ヨウチューバーの動画に出ようぜイェーイ！　みたいなお前らには、わかるまい。

この拳ひとつひとつが、その怒りの発露と知れ――。

■本戸翼　あいつだれ？
■のしんの　何者？
■プチャラ　絶対無名じゃねーだろ
■くろたん　プロボクサー？
■小田信　名前知りたい
■よっくん　あいつ誰？
■ゼノン様　なにもの？
■ガチャ歯　強すぎる
■シンタロー　つよすぎる
■由菜　かっこいい。

見渡す限り、もう立っている者はいなくなった。

倒れ伏した敗残者たちの山から、汗と血の臭いが漂っている。懐かしい臭いだった。これだけの規模の戦闘はひさしぶりだ。つい昔を思い出してしまうが、首を振って振り払う。俺はもう、あそこには戻らない。

ふうとため息をつき、彼方(かなた)を見やれば——全速力で遠ざかっていく清原長男の背中が見えた。

いつのまにか、プールの向こう側まで回っている。

まるで気づかなかった。

逃げ足の速さなら、十傑クラスかもしれないな。

■まさのり　ちょｗｗ　チャンピオン逃げてるｗｗ

■デカ四駆　うわっだせえ

■神主代表　幻滅しました

■バフ森太郎　イヤそれはない

■夜の帝王　もう終わりだな清原ｗ

「ももちー先輩」

「なっ、なに？　もう終わり？　終わりよね⁉」

「あと少し。最後の仕上げをしてきます。ビート板ってありますか？」

ももちー先輩はこくりと頷き、設営テントの横に積まれているビート板を指さした。

「ありがとうございます。四枚くらい貸してくれます？」

「い、いいけど、何に使うの？」

「説明するより、やってみせた方が早いので」

ビート板をプールに放り投げた。

西日の差し込む澄んだ空気をシュッと飛んで、オレンジ色に染まる水面に着水する。ここからの距離、およそ十メートルというところ。

「せえの――」

軽く助走をつけて、プールの縁から跳んだ。

■タコス丼　うわっ、また跳んだ!?
■ケルト人　とびすぎッ！！！
■森サマー　人間じゃねえ！
■タートル男　歩けるのか？　水の上を？

ビート板の上に、とん、と爪先で着地する。

もちろん、このままだと沈む。

泳げない者にとっては命綱に等しいビート板だが、人ひとりが乗れるほどの浮力はない。

だから。

再び、跳ぶ。

ビート板が沈んでしまう前に、次のビート板を十メートル前方に投げて、そこめがけて跳ぶ。

投げて、跳んで、を五回繰り返した。

すると、五十メートルを渡れる計算になる。

小学生でもできる。簡単すぎる方法だ。


「待てよカリスマ。どこに行く？」

「うげえっ!?」


行く手を遮(さえぎ)って現れた俺に、清原長男は飛び上がって驚いた。こいつのジャンプ力もなかなかのものだ。

「お、おまえっ、どうやって回り込んだ!?　泳いで間に合うはずがない！」

「普通に。歩いて」

「プールを歩くのは普通じゃない！」

……むむ。

傷つくなあ。

普通じゃないって言われるのが、ナイフや木刀より、一番応える。

「ラスボスが逃げたんじゃ、撮れ高がないだろう？」

「……っ」

「あんたも格闘技者なら、他人をけしかけたり女の子をいじめたりするんじゃなくて、自分のバトルで観客を酔わせてみろよ。今の地位にはそうやって辿り着いたんじゃないのか？　なあ、チャンピオン」

清原長男は一瞬、目を見開いた。

覚悟を決めたように、構えをとった。

俺も構える。

二メートルほどの距離を置いて、にらみ合う。

コメントがぱたりと流れなくなった。

静寂。

「…………」

「…………」

清原長男の膝が震えている。

小刻みに、ぶるぶる。

震えている。

だんだんと、震えが大きくなる。

全身に震えが広がり、滝のような汗が流れ出した。

腐っても「チャンピオン」。

戦う前にすべてを悟ったか――。

ズボンの前には大きなシミができている。

ふとともを濡らし、裾を濡らし、地面に水たまりができていた。

「ゆ、ゆるしてくれ！　俺は悪くな、」

拳を打ち込んだ。

腹。

「いだあっ」

「これは、お前の弟がいっちゃんを辱めた分だ。それから――」

「あぐぃっ」

「甘音ちゃんを怖がらせた分」

「かびぃっ」

「俺を誘ってくれた会長の気持ちを踏みにじった分」

「あどぉっ」

「彩茶をいやらしい目で見た分」

まだまだ。

一番やり返さなきゃいけない分が残っている。

「これから殴る分は、全部、ももち一先輩の分だ」

「もう、もうぅぅ……ゆるしてくれぇ……」

「二度と彼女に近づくな。関わるな。いいな？」

浅黒い頬に涙を流しながら、長男は何度も頷いた。

よし——。

「じゃあ、百発殴るところを十発で許してやる」

「え⁉　許してくれんじゃないのかっ⁉」

「先輩を百人に襲わせておいて、よくそんなことが言えるな。彼女がどれだけ怖かったか想像できないのか？　十分の一にするだけでも大盤振る舞いだと思え——まず、腹」

場所を予告してから、殴った。

長男の体が「く」の字を通り越して、「一」の字のように折り重なる。

「右頬」

一。

「左頬」

―。

「鼻」

・。

「腹。腹。腹」

一。

一。

一。

つまり三。

「めんどうだから、全部」

全部。

全部。

全部――。

◆

すべてが終わった時、プールはしんと静まりかえっていた。
清原長男だった物体は、ぼろ雑巾となって地面に転がっている。
倒れてるアウトロー百人を含め、ぴくりとも動かない。
大型モニタに映し出されたコメントだけが、爆速で盛り上がっている。
滝のように、嵐のように、ずっと言葉が流れ続けていた。

■ミズーキ　　すごいヤツだな

■ナナナ君　ありえないでしょさすがに
■太鋭　いやマジですげえよ
■ショウタ　ファンになりました！
■シルヴァーナ公爵　ところでももちーは？
■ひろゆこ。　超星ぼっこぼこ笑
■河内たん　強すぎる
■廉太郎　だれも、勝てない

◆

ガラスのドーム越しに見える夕空は、どこまでも透き通っていた。

プリンセス・プールの閉園時間はすでにすぎている。

俺が倒した百人のアウトローの後片付けはどうなるのかと思っていたら、どこからともなくやってきた黒服たちがせっせと運び出していった。高屋敷(たかやしき)家の「おそうじ部隊」だ。清原兄弟とその関係者たちを、テキパキと連行していった。ブタさんの差し金だろう。さすがブタさんは綺麗好き――いや、単に証拠隠滅っていうだけか。

甘音ちゃんたちには、先に帰ってもらった。

残ってやらなくてはならないことが、俺にはあるからだ。

「ももちー先輩」


プールサイドに佇む小さな背中に声をかけた。

俺が貸したパーカーを、まだ羽織ってくれている。

彼女はゆっくりと振り返った。

肩まで垂らした桃色の髪が、風のなかでさらさらと舞った。

プールの水面に、二つ影を映して、彼女と向かい合う。

「あんたまだ残ってたの？　あの可愛い子たちは？」

「先に帰ってもらいました」

「あの中の誰かと付き合ってるんじゃないの？」

「今のところは、あいにく」

ふうん、と彼女は言った。

口元がほんの少しだけ緩んだように見える。

「パーカー借りっぱなしだね。ごめん。洗濯して返すから」

「いいですよ。返さなくて」

「……それは、困るじゃん……」

　彼女はもごもごと口ごもった。困るって、なんだろう？

「先輩は、これからどうするんですか？」

「どうするって？」

「もう、清原兄弟とコラボはできないでしょう？」

「そうね。ちょっともう、ナイかな」

　彼女は苦笑した。泣き笑いのようにも見える表情だった。

「馬鹿だったよ、あたし」

「えっ？」

「今日、子供たちと遊んでてさ、思い出したの。自分がアイドルを目指した理由」

「売店の前で出くわした時ですよね。子供たちと遊んでる先輩は、すごく楽しそうに見えました」

「――やっぱ、そう？」

　彼女は白い歯を見せた。

「まだ小学生の頃だけど、近所の子供たちと仲良くてさ。よく、歌手ごっこ的なことしてたんだ。あたしの歌やダンス、上手いって子供たちが褒めてくれて。盛り上がってくれて。それが嬉しくて嬉しくて、子役女優からアイドルになろうって決めたんだ」

「子供好きが、先にあったわけなんですね」

「うん。子供たちを笑顔にするようなアイドルを目指してたのに、どうしてあたし、あんなチンピラたちとつるんでたんだろう。トップだとか一番だとか、そんなの別に目指してたわけじゃないのにさ。失った人気を取り戻そうと焦って、あんな……」

また苦笑しようとして、彼女は失敗した。

こみ上げるものを抑え込むように、口を閉じてうつむいた。

しばらく二人でプールの水面を見つめていた。

「誰もいないプールって、寂しいですよね」

「……だね」

「だから、また人を呼ぼうっていうのは、自然なことだと思います。先輩が悪いわけじゃありません」

ありがとう、と小さく聞こえた。

「あんたには、全部見られちゃったわね」

「さあ、何のことだか」

「ふふ、優しいね。でも、今は見られて良かったって思う。傷をずっと隠してるのって、辛いからさ」

「わかりますよ。俺も同じだったから」

それは、苦い記憶である。

「中学校に入って、最初の体育の授業の時です。着替えの時、同じクラスの連中にドン引きされたんですよ。『なんだその傷』『体じゅう傷だらけだ』って」

「……うん」

「子供の時からちょっと特殊な環境にいたので、体の傷が増えていったんです。中学の時にはもう、今とほとんど変わらない体になっていました。引きますよね。あきらかに普通じゃない」

淡々と話しながら、俺は不思議に思っていた。

なぜ、こんなことを俺は話しているのだろう？

「だけどね、先輩。当時の俺は、自分が『普通』だと思いたかったんです。『普通』に溶け込もうとしてたんです。当然、無理でした。友達なんてできなかった。俺が話しかけても、みんな逃げていくんですよ。幼なじみが、そんな俺に言うんです。呪いをかけるみたいに。『アンタは普通なんかじゃない』『普通に生きられるなんて思うな』って」

「……ひどいヤツだね」

「ええ。ブタ野郎です」

きっぱりと言った。

「あたしも、似たようなもんだよ」

彼女はパーカーのおなかのところを軽くめくってみせた。

右脇腹のあたりに、大きな手術痕があった。

「これが、あたしが水着になれなかった――ううん、ならなかった理由」

「ならなかった？」

「グラビアなんて、いくらでも修正でごまかせるから、傷があっても関係ないって割り切る方法もあったと思う。だけど、嫌だった。すごく嫌だったの。この傷をなかったことにするのが。そのくせ、傷をファンの前に晒す勇気もない。どっちつかずの意気地なし。それが、あたし。桃原ちとせ」

パーカーをめくりあげている指が震えている。

俺はじっとその傷を見つめた。

しばらく、見つめていた。

「………………綺麗だ」

えっ、と彼女は言った。

「綺麗って、この傷が？」

「はい。とても美しいです。こんな綺麗な傷は見たことがない」

「……あんた……何言っちゃってるわけ？　まさか慰めのつもり？　マジ、怒るよ」

俺は首を振った。

「この傷は、誰かをかばってできた傷ですよね？」

　彼女は不意を突かれた表情になった。

「俺、わかるんです。傷痕を見れば、その傷がどういう状況でついたものなのか、おおよその見当はつく。先輩の傷は、右脇腹から腰部にかけての裂傷。少し青みがかってることから『外傷性刺青』と呼ばれるものに見えます。横合いから何か巨大な武器、たとえば『なまくらな大剣』なんかで斬りつけられるとこういう傷ができるかもしれませんが、日常生活でそんなことは起きっこない。日常で起こりうることで第一に考えられるのは――交通事故ですよね」

　先輩の頬が強ばった。

「しかし、交通事故にしては、傷の付き方がおかしい。車が横から突っ込んできたとしても、脇腹に切り傷がつくとは考えにくい。かなり無理な体勢、普通ならありえない体勢で、クルマと接触したんじゃないですか？」

「……」

「だとしたら、理由として最有力なのはひとつです。『誰かをかばおうとして、クルマと接触した』。それも多分、先輩の腕に抱えられるくらいの誰か――つまり、子供を助けようとして、その傷はできた。違いますか？」

先輩はきっと俺をにらみつけた。

「ぜんぜん違う。不正解。ていうか、それ全部あんたの想像じゃん。妄想じゃん」

俺は、自分のシャツをめくって後ろを向いた。

背中の右下、腰骨の少し上あたりに、先輩の傷とよく似た裂傷痕がある。

「この俺の傷は、似たような状況で、幼なじみをかばってできたものです」

「……」

「かばわされた、といった方が正確ですがね。でも、先輩はそうじゃない。きっと、自分の意志で、子供を助けに飛び出したんでしょう？　傷痕に迷いがまるで見えない。だから言ったんです。『綺麗だ』って」

「…………ちがう」

ちがう、と彼女は繰り返した。

ちがう。ちがう。

やがて、その声に涙が混じった。

「お隣の子が、轢かれそうになったの」

「……」

「とっさだった。気づいたら体が勝手に動いてた。なんにも考えてなかった。まだアイドルデビュー前の話。自分が子役女優だとか、アイドル目指してるとか、そういうの、いっさい考えないで、飛び出してた」

「優しいですね」

「優しくなんかないわよっ！」

桃色の髪が振り乱された。

「あたし、助けたこと、後で死ぬほど後悔した。何度も何度も。その子を憎みさえしたんだよ。それっきり会ってさえいない。こんな傷痕が残るなら、助けるんじゃなかった。何度も何度もそう思ったんだから！」

肩で息をする呼吸音が、誰もいないプールにしばらく響いていた。

「やっぱり、先輩は優しいです」

俺は言った。

「子供を助けたこと自体が優しいんじゃない。その思い悩む姿、それでも前を向こうとするその生き方が——限りなく優しい」

火がついたように激しかった彼女のまなざしが、ふっと勢いをうしなった。

吊り上がっていた眉が、とろん、と落ちていた。

どちらからともなく、俺たちは距離を縮めていた。

互いの傷がある場所を探り合うように、互いの腰を抱いていた。

「ね、あたし、ずるい子かな？　自分の不幸をダシにして、あんたと……」

「いいじゃないですか。俺もつけこんでますから。可愛い先輩を落とすために」

「……ばか」

憎まれ口を叩こうとする唇を、ゆっくりと塞いだ。

顔の角度を何度も変えながら、静かに、長く、そうしていた。

そのあいだじゅう、俺はずっと彼女の傷痕を指でなぞっていた。彼女の唇からは甘い吐息が漏れた。漏れた先から、すべて、俺の唇で盗み取った。

先輩も、なぞり返してきた。

可愛らしく盛られた爪で、優しく、撫でるように、俺の傷に触れてくれた。母親が子供の頭を撫でるような触れ方だった。「今まで、よく頑張ってきたね」。そんな風に言われているようで、胸がいっぱいになった。

プールの水面に映る影は、今、ひとつだった。

こうして、俺と桃原ちとせは、傷をなめ合う関係になったのである――。

◆

波瀾万丈だったプールでの休日から、数日が過ぎ去った。

その後の顛末を簡単に話しておこう。

清原兄弟は警察の事情聴取を受けることになった。

これまでグレーなことをしてきた彼らだが、いわゆる「帝開バリア」に守られて問題にされなかった。帝開グループが目をかけている存在は、なぜか法の網の目をくぐり抜けてしまうというアレである。

だが、そのバリアが外れた。

あのブタさんの前で醜態を見せたことで、「見切り」をつけられたのだろう。

清原兄弟も抵抗した。

「超弩級の闇情報を暴露します」なる動画をあげて、この前のメンバー限定配信についての釈明をした。あれが事務所による「やらせ」であり、台本があったこと。桃原ちとせに対するドッキリであり、本気で襲ったわけではないこと。「とびすぎ陰キャくん（俺のネット上のニックネームらしい）」も同じくやらせで、数々の非人間的戦闘は映画の特殊効果を使ったトリックであると、苦しい言い訳を並べ立てたらしい（俺は冒頭数分見て興味を無くしたので、後で彩茶に聞いた）。

この動画の再生数は、驚くほど伸びなかった。

この暴露動画より前に、例のメン限配信の切り抜きがすでに百以上もあがっていて、何百万回も再生されていたらしい（これも彩茶談）。

そこで見せた清原長男のやられっぷりがあまりにブザマで、カリスマとしての威厳を保てなくなったんじゃね？　――というのが、トレンド有識者・柊彩茶センセイの見立てである。

カリスマ失墜と同時に、これまで清原兄弟が行ってきた性的暴行、未成年に対する淫行が明るみに出た。

これも帝開バリアが外れた結果だろう。

おそらく裁判となり、実刑がくだる可能性が高い――というのが、一連のニュースを読んだ胡蝶涼華会長の見方だった。

清原兄弟が落ちぶれる一方で、急激にバズっているのが「とびすぎ陰キャくん」である。

ラーメンマンに腹を殴られ、その勢いで金網を突き破って場外までブッ飛んでいく「陰キャくん」は一躍ネット上の有名人となった。数々のネタ動画やＭＡＤ動画、真面目な科学的考察から「外国人の反応まとめ」「うちの柴犬にとびすぎ陰キャくん見せてみた」に至るまで、様々なネタにされているようだ。

ただ――。

なにしろ「陰キャ」なので外見的な特徴に乏しく、あまりに地味すぎるため、未だ特定には至っていないようだ。

もちろん、うちの学校の連中は気づいているはずだが――どうも近ごろ、俺の存在は学園で「アンタッチャブル」になっているようだ。触らぬ神に祟りなしということで、誰も言い出さないのかもしれない。

ゆえに、今のところ、俺は平穏な日々を壊されずに済んでいるのだが――。

「とはいえ、時間の問題かもね～」

とは、今回お留守番だった綿木ましろ先輩の弁。

ふわふわとした綿菓子みたいな笑みを浮かべて言った。

「そろそろ、日本の、ていうか世界の人が気づき始めてるんじゃないのかなあ。かずくんの存在に」

「そんな大げさな」

「いやいや、大げさじゃないとおもうよ～？」

先輩の予言が当たるのかどうか。

今の俺には、知るよしもない。

◆

ネットがそんな感じで盛り上がっている一方――。

とあるニュースがちょっとした話題を集めた。

アイドル・桃原ちとせの芸能界引退である。

◆

放課後の地下書庫。

すっかり俺たちの溜まり場になってしまったこの場所には、今日は甘音ちゃんと涼華会長、彩茶、ましろ先輩がたむろしている。いっちゃんは演劇部の練習で不在だ。

甘音ちゃんは机で冬の新番アニメ台本の読み込み中、会長はノートＰＣで仕事中、ましろ先輩はカンバスに向かい、そして彩茶はソファに寝転がりながらスマホを弄り、ため息ばかりついている。ダンス部はお休みらしい。

「うぅ～、超しょっく。なんで引退すんのよぅ」

今日何度目になるのか、同じことを彩茶は言った。

「ももちーは何も悪いことしてないのに、悪いのはあのチンピラ兄弟なのにさ、ねえ、なんでなの？　湊さん」

さっきは同じ質問を会長にしていた彩茶である。

甘音ちゃんは台本を置いて答えた。

「今回の件で芸能界に見切りをつけたんじゃないでしょうか。あんなことがあった以上、テイカイミュージックでお仕事するのはもう難しいでしょうし」

「事務所移籍すればいいじゃん！　湊さんも瑠亜とモメた時、移ったんでしょ？」

「わたしの時はたまたま運が良かったんです。本当ならそんな簡単にはいきませんよ」

「またトップアイドルに返り咲くのを期待してたのに！　なんでなんで？」

二人の芸能界談義を隣で聞きながら、俺は別のことを考えている。

ももちー先輩は、途中で夢をあきらめたりする人じゃない。

芸歴は長くても、まだ高校二年生。

いくらでもやり直しはきくはずだ。

だが、その「夢」自体の誤りに気づいたのだとしたら――。

「こんにちは、お邪魔しまーす！」

唐突に扉が開かれ、桃色の髪の美少女が入室した。

純白のブレザーに赤いチェックのスカート姿は、帝開学園の近くにあるお嬢様学校・私立双祥(そうしょう)女子の制服である。

甘音ちゃんを問い詰めていた彩茶の目が、まんまるに見開かれる。

噂(うわさ)をすれば影というか、ご本人登場である。

「ももちー先輩。どうしてここに？」

にこっ、と先輩は魅力的な笑みを浮かべた。

小悪魔の笑みだ。

「どうしてって、カズマを探しに来たに決まってるじゃない！　『S級学園』の生徒だったなんて、意外と近かったわね。――それにしても何ここ。秘密基地みたい。帝開って新設校のわりに、こんな古めかしい場所があるんだ」

物珍しげに地下書庫を見回すももちー先輩に、甘音ちゃんたちは呆然(ぼうぜん)としている。

はっと我に返ったように彩茶が立ち上がった。

「あ、あのっ、あのっ、ももちーさん！　うち、うち、あなたの大ファンです！　握手してください！」

「本当？　どうもありがとう！」

にこっとビジネススマイルを浮かべて、彩茶の手を握り返した。

「ももちーさん、本当にアイドルやめちゃうんですか？」

「うん。こないだの一件で冷めちゃった。トップアイドルになるって夢はもう叶えちゃったわけだし、芸能界にしがみつく理由はもうないってことに気づいたの」

「でも、うち、もっとももちーさんの歌やダンス見ていたかったです。特にダンス。あたしダンス部なんですけど、いつかももちーさんくらい踊れるようになるのが夢なんです。だから、やめないで欲しいです！」

ももちー先輩は、憧れのまなざしで自分を見つめるギャルの肩を叩いた。

「あなたの気持ちはとっても嬉しいけど、あたしにはまた別の夢があるの」

「トップアイドルより大きな夢があるんですか？」

「うん。大学進学して、小学校の先生か保育士になるの。もともとあたし、子供たちの笑顔が見たくてアイドルになったからさ。別にそれって、アイドルじゃなくてもできるよね？　って。なーんでこんな簡単なことに気づかなかったんだろう？」

屈託のない笑みをかつてのトップアイドルは浮かべた。

完全に吹っ切れたようだ。

良かった……。

「あと理由はもうひとつ。ほら、アイドルって基本、恋愛禁止じゃない？」

「はあ」

ももちー先輩は俺に向かって、片目を瞑った。

「アイドル続けてたら、カズマと付き合えないから。夢と恋、二つそろっちゃったらもう、卒業するしかないでしょ？」


甘音ちゃんの口が、ぱかっと開かれ。

会長はギラッと俺をにらみつけ。

ましろ先輩は「あははは～」と困ったような笑みを浮かべて。

そして、彩茶はのけぞった。

「う、うそでしょ⁉　ももちーが恋のライバルって、なにその無理ゲーっ⁉」

素知らぬ顔で、ももちー先輩は俺の右腕をつかんだ。

「ね、カズマ。帝開学園の中、案内してよ。実は前から興味あったんだ！」

「いや、さすがに目立ちすぎるでしょう……」

元だろうとなんだろうと、トップアイドルの容姿はまぶしすぎる。しかも今身につけているのは名門女子高校の制服だ。きらきらしすぎてて目が潰れそう。

ステージ上の彼女も、プールの彼女も、素敵だったけれど。

普通の女子高校生としての彼女は、もっともっと、素敵だ。

「ま、ま、ま、また増えたぁぁ……」

甘音ちゃんが机に突っ伏して頭を抱えている。

「仕方ないよねぇ、かずくんだし」

ましろ先輩はのんびりと言って、湯飲みのお茶をずずっと啜(すす)る。

会長は頭痛をこらえるかのように、こめかみに指で触れる。

彩茶は途方に暮れたようにソファの背にもたれかかり、天井(てんじょう)を見上げたまま動かない。

「ほら、行こうよカズマ！　もし気に入ったら、ここに転入するつもりだからさ」

俺の腕を引っ張っていこうとするももちー先輩に、俺は頭をかくしかない。


やれやれ……。

俺の周りは、普通じゃないくらい可愛い女の子たちで、埋め尽くされていくようだ。

あとがき

「S級学園」2巻です。

今回のカバーは胡蝶涼華と柊彩茶ということで――。

藤真拓哉さんがデザインしてくださったヒロインは、師匠のさくらさん含めて超絶可愛い女の子ばかりなのですが、その中でも特に私が気に入っているのが、涼華会長とアヤチャだったりします。

二巻のカバーを誰にするか担当氏に聞かれた時、もう、作者の特権ということで、この二人しか考えられませんでした。

金のギャル、銀の先輩のカバーを、ぜひ、ご自宅にてご堪能いただければ幸いです。

謝辞を述べさせていただきます。

藤真拓哉さん、今回も素晴らしいイラストをありがとうございました。カバーのアヤチャ、ウインクさせて欲しいという無茶な提案を聞いてくださって、とても嬉しかったです。

担当のサトさん。今回もいろいろとありがとうございました、特に再構成についてのアドバイスは助かりました。

ｗｅｂ版で感想をくださった読者の方々。皆様の応援のおかげでモチベーションを切らさずに書き続けることができました。本当にありがとうございます。

さて、本作「Ｓ級学園」はコミカライズが予定されています。現在、三話までのネームを読ませていただいているのですが、漫画ならではの表現で和真（かずま）と可愛すぎるヒロインたち、ついでにブタさんの活躍を楽しんでいただける作品になると思います。二〇二三年春に連載開始予定ですので、ぜひ、こちらも楽しみにしていただければと思います。

それでは今回はこの辺で。

お付き合いいただき、ありがとうございました。

S級学園の自称「普通」、可愛すぎる彼女たちにグイグイ来られてバレバレです。2

裕時悠示

2022年11月30日第1刷発行

発行者	森田浩章
発行所	株式会社　講談社 〒112-8001 東京都文京区音羽2-12-21
電話	出版　(03)5395-3715 販売　(03)5395-3608 業務　(03)5395-3603
デザイン	AFTERGLOW
本文データ制作	講談社デジタル製作
印刷所	株式会社ＫＰＳプロダクツ
製本所	株式会社フォーネット社

KODANSHA

ISBN978-4-06-530280-4　N.D.C.913　295p　15㎝
定価はカバーに表示してあります

勇者認定官と奴隷少女の奇妙な事件簿

著:オーノ・コナ　イラスト:Ixy

〈魔王〉の出現によって滅亡寸前まで追い込まれた人類。魔王を倒し、世界を救ったのは〈勇者〉だった。そして時は流れて現在――。魔王の脅威はおとぎ話となった時代、王国勇者認定官のミゲルは相棒のディアとともに、勇者を探すため諸国を巡っていた。そんなある日、ミゲルは「魔王を倒した勇者の生まれ変わり」である〈聖勇者〉の噂を耳にする。調査のため鉱山都市フェリシダを訪れたミゲルが目にしたのは、〈聖勇者〉の少女が起こす奇跡の数々で!?

“奇跡”と“勇者復活”を巡る異世界本格ミステリ、ここに開幕――!